Die österreichische Kinderbibliothek

Pädagogische Arbeitsblätter zu diesem Titel downloadbar auf

**www.obelisk-verlag.at**

Heinz Janisch

# Die Nacht der Diebe

## EIN FALL FÜR JAROMIR

Illustrationen
von Antje Drescher

OBELISK VERLAG

Redaktion der ClubTaschenbuchreihe:
Inge Auböck

Umschlaggestaltung: Carola Holland

Lektorat: Inge Auböck

**Neue Rechtschreibung**



Druck und Bindung: Finidr, s.r.o., Český Těšín, Tschechien

ISBN 978-3-99128-106-1

# Erstes Kapitel

*in dem sich Lord Huber überaus merkwürdig verhält, ein Dieb in Eile ist und Herr Jaromir zeigt, wie laut er bellen kann*

„Ich glaube, es ist ein Diamant", sagte Lord Huber laut und hielt einen glitzernden Stein in die Höhe. Er betrachtete ihn umständlich von allen Seiten.

„Er bekommt einen Ehrenplatz in meiner Sammlung!", sagte er in einer Lautstärke, die Jaromir zusammenzucken ließ. Was war mit Lord Huber los?

Woher hatte er plötzlich einen Diamanten? Und

weshalb zeigte er ihn in einem gut besuchten Kaffeehaus her, wo ihn jeder sehen konnte? Und warum redete er so laut, dass man ihn noch an den hintersten Tischen hören konnte?

War er plötzlich schwerhörig geworden? Oder war das alles nur Theater? Wollte er jemandem eine Falle stellen?

Lord Huber holte umständlich ein kleines Holzkästchen aus seinem Rucksack und legte den Diamanten vorsichtig hinein. Dann stellte er das Holzkästchen auf den Tisch.

Jaromir wunderte sich. Wenn der Stein ein Diamant war – warum gab ihn Lord Huber dann nicht in seinen Rucksack? Und warum stellte er das Holzkästchen auf den Tisch, wo es jeder sehen konnte?

Sie waren seit zwei Tagen in Graz, in der Steiermark, im Süden Österreichs. Herr Jaromir hatte sich auf den ersten Blick in die Stadt verliebt. Sie waren auf dem Schloßberg gewesen, dem Hausberg von Graz. Viele steinerne Stufen waren sie hochgestiegen, um das Wahrzeichen der Stadt zu besuchen, den alten, steinernen Uhrturm.

Vom Schloßberg aus hatten sie den Blick über die Dächer der Stadt genossen. Dann waren sie die Stufen wieder hinuntergestiegen, um gemütlich durch die alten Gassen zu bummeln. Auf dem belebten Hauptplatz hatten sie die beste Grillwurst der Welt gegessen. Das fand zumindest Herr Jaromir, der sich als Dackel von Welt mit gutem Essen auskannte.

Seit drei Jahren war Herr Jaromir nun schon an der Seite von Lord Huber, und er liebte dieses Leben.

Nicht nur, dass er den – manchmal etwas schrulligen – alten Herrn schätzen gelernt hatte und es ihm an nichts mangelte.

Er liebte auch das aufregende Leben als Privatdetektiv. Lord Huber und er waren ein erfolgreiches Ermittlerduo, das schon so manchen Fall gelöst hatte. Ob in einem Hotel am See (*Die gestohlenen Juwelen*), in Wien (*Der Meisterdieb im Museum*) oder in Venedig und in Rom (*Der verschwundene Engel)* – immer war es den beiden gelungen, die kniffligsten Fälle aufzuklären. *Scotland Yard* bat sie regelmäßig um Mithilfe, und auch die Polizei in anderen Ländern war froh, wenn Lord Huber und Herr Jaromir sie heimlich unterstützten.

Hatte das seltsame Verhalten von Lord Huber im Kaffeehaus mit einem neuen Fall zu tun?

Lord Huber hatte auf dem Hauptplatz gedankenverloren mit seinem Gehstock gespielt und dabei leise gemurmelt. Herr Jaromir wusste, was das zu bedeuten hatte. Im Gehstock war ein Telefon eingebaut. Lord Huber hatte mit jemandem ein kurzes Gespräch geführt. Aber er hatte zu Jaromir nichts über einen neuen Fall gesagt. Wollte er ihn nicht unnötig damit belasten?

Jaromir sah sich aufmerksam im Kaffeehaus um. Er konnte niemanden sehen, der ihm verdächtig erschien. Viele Studentinnen und Studenten saßen an kleinen Tischen und lasen in Büchern oder diskutierten, einige ältere Damen unterhielten sich flüsternd, drei Männer spielten Karten.

Für wen hatte Lord Huber die Rolle des reichen Steine-Sammlers gespielt?

Ein Diamant! Für seine Sammlung! Pah! Lord Huber hatte keine Sammlung von Edelsteinen, das wusste Herr Jaromir nur zu gut. Lord Huber bewohnte ein schönes, altes Haus, in dem sie viel zu selten waren, weil sie oft unterwegs waren. Aber Edelsteine oder gar Diamanten hatte Jaromir dort noch nie gesehen. Höchstens ein paar kleine, graue Kieselsteine.

Lord Huber schien das Holzkästchen auf dem Tisch schon wieder vergessen zu haben. Er war in eine Zeitung vertieft und las aufmerksam einen Artikel.

Ein älterer Kellner mit einem schwarzen Jackett hatte Herrn Jaromir bei ihrem Eintreffen im Kaffeehaus eine Schüssel Wasser gebracht und sie unter den Tisch gestellt. Nun kam er wieder, mit einem vollen Krug, um Wasser nachzugießen.

„Danke, Sie sind sehr aufmerksam!", sagte Lord Huber zum Kellner, ohne von seiner Zeitung aufzuschauen. Der Kellner goss Wasser für Herrn Jaromir in die Schüssel, dann machte er mit einem weißen Tuch den Tisch von Lord Huber sauber.

„Gern geschehen!", sagte der Kellner freundlich und wollte weggehen.

Aber er ging nicht – sein Jackett schien sich am Tisch verfangen zu haben. Nervös zerrte der Kellner an seinem Jackett. Irgendetwas musste passiert sein.

Herr Jaromir sah es genau – vom schwarzen Jackett des Kellners führte eine dünne Schnur geradewegs zum kleinen Holzkästchen, das Lord Huber auf den Tisch gestellt hatte. Das Kästchen war jetzt offen, die Schnur war im Inneren des Kästchens befestigt.

Lord Huber hatte längst seine Zeitung weggelegt. Er hob seinen Stock – und dann blitzte es dreimal auf.

„Auf frischer Tat ertappt", sagte Lord Huber ruhig. Er zeigte auf seinen Stock. „Minikamera. Nur ein paar kleine Erinnerungsfotos."

Der Kellner griff mit einer raschen Bewegung nach

dem Holzkästchen, um damit flüchten zu können – aber das Kästchen rührte sich nicht vom Fleck. Es musste auf der Tischplatte festgeklebt sein!

„Spezialmagnet“, sagte Lord Huber. „Ich habe die Tischplatte präpariert. Mit Hilfe eines klugen Kollegen.“

Ein junger Mann von einem der Nebentische war aufgestanden und legte dem überraschten Kellner die Hand auf die Schulter.

„Gestatten, Chefinspektor Grünberg, Sonderermittler. Wir hatten Sie schon lange in Verdacht, Herr Leopold. Jetzt haben wir den Beweis.“

Er schob das Jackett zur Seite. Die dünne Schnur vom Kästchen führte zu einer großen Innentasche.

„Schau an! Sie haben sich extra eine große Innentasche für ihr Jackett nähen lassen. Da passt ja viel hinein. Nicht nur ein Diamant.“

Er holte den Stein aus der Innentasche des Kellners. Der Stein war mit einer dünnen Schnur umwickelt.

„Angelschnur“, sagte Lord Huber. „Dünn und reißfest. Ein alter Bubentrick. Ich habe ein Ende um den Stein gewickelt, der übrigens gar kein Stein ist. Das ist nur geschliffenes Glas. Das andere Ende der Schnur ist im Kästchen an einem Haken befestigt. Und da das Kästchen sicher und fest auf der präparierten Tischplatte steht, musste ich nur dafür sorgen, dass der Dieb sich den Stein holen will. Er wollte, wie wir sehen – und schon hing er an der Angel."

In diesem Moment schlüpfte der Kellner geschickt aus seinem Jackett. Mit einem Satz war er bei der Tür.

Aber – da stand Herr Jaromir! Er versperrte den Ausgang und bellte, so laut er nur konnte. Er knurrte gefährlich und schnappte nach den Beinen des Kellners. Er sah zum Fürchten aus. An ihm gab es kein Vorbeikommen.

Der Kellner blieb resigniert stehen.

Einige Leute waren aufgesprungen und wussten nicht, was sie tun sollten.

„Bitte nehmen Sie wieder Platz!", rief Chefinspektor Grünberg. „Ich bin von der Polizei. Es ist alles unter Kontrolle."

Er wandte sich dem Kellner zu, der ängstlich auf Jaromir blickte.

„Dann nehmen wir lieber doch die Handschellen", sagte er und griff in seine Tasche.

Minuten später wurde der Kellner von zwei Polizisten in Uniform abgeführt. Sie hatten vor dem Kaffeehaus auf ihren Einsatz gewartet.

„Ich danke Ihnen, Lord Huber! Und Ihnen, Herr Jaromir!“, sagte Chefinspektor Grünberg und setzte sich zu Lord Huber an den Tisch.

„Seit Monaten hören wir von Gästen des Kaffeehauses, dass ständig Dinge verschwinden – Geldbörsen, Brillen, Uhren, Handtaschen. Wir konnten uns keinen Reim darauf machen. Waren es Gelegenheitsdiebe? Oder Stammgäste, die gezielt die Leute im Kaffeehaus auskundschafteten? Oder war es jemand vom Personal? Wir haben schließlich herausgefunden, dass Herr Leopold Schulden hat. Er hat beim Kartenspielen mit Freunden viel Geld verloren. Seither beobachten wir ihn. Aber er war immer zu geschickt und zu schnell für uns. Wir brauchten einen Beweis.“

„Gut, dass Sie mich rechtzeitig angerufen haben“, sagte Lord Huber. „Und danke dafür, dass Sie unseren kleinen Zaubertrick mit der Tischplatte so perfekt vorbereitet haben.“

Er deutete auf das Holzkästchen auf dem Tisch.

„Gern geschehen“, sagte Chefinspektor Grünberg. „Aber es bleibt eine traurige Sache. Herr Leopold war ein guter und beliebter Kellner. Wahrscheinlich hat er keinen anderen Ausweg mehr gesehen. Und er hat es sehr geschickt gemacht."

„Irgendwann machen alle Diebe Fehler", sagte Lord Huber nachdenklich. „Er ist mit dem Tuch über den Tisch gefahren und musste dabei ganz schnell das Kästchen öffnen und den Stein herausholen. Deshalb hat er die dünne Schnur übersehen. Ein Dieb in Eile. Das kann nicht gutgehen."

Herr Jaromir hatte aufmerksam zugehört. Er war verärgert. Warum war er nicht informiert worden?

„Ich wollte Sie nicht beunruhigen", sagte Lord Huber in diesem Augenblick. Er hatte Herrn Jaromirs Ärger anscheinend gespürt. „Sie schienen mir so glücklich zu sein in Graz. Ich wollte Ihnen nicht die gute Laune mit einem Diebstahl verderben." Er nickte Herrn Jaromir anerkennend zu. „Danke, dass Sie die Flucht des Diebes verhindert haben! Wer weiß, ob die Polizisten draußen schnell genug reagiert hätten!"

Lord Huber klopfte mit seinem Stock auf die Zeitung, die vor ihm auf dem Tisch lag.

„Außerdem wollte ich Sie schonen. Ein neuer Fall wartet auf uns! Und ich fürchte, da bekommen wir es mit mehr als einem Dieb zu tun."

# Zweites Kapitel

*in dem Zeitungen zerschnitten werden, eine berühmte Pfeife verschwindet und eine Geige für Misstöne sorgt*

Die Aufregung im Kaffeehaus hatte sich wieder gelegt.

Chefinspektor Grünberg hatte mit der Besitzerin gesprochen und ihr alles erklärt. Sie hatte ungläubig zugehört und immer wieder den Kopf geschüttelt. Dann hatte sie sich eine Schürze umgebunden, um ihre Gäste selbst zu bedienen.

„Setzen wir uns doch dort in die Ecke“, sagte Chefinspektor Grünberg zu Lord Huber und Herrn Jaromir. „Da können wir in Ruhe reden. Ich will nur kurz etwas holen.“ Er ging zu dem Tisch, an dem er vorher gesessen war.

Jetzt erst sah Jaromir, dass auch der Chefinspektor einen Rucksack mit sich trug.

„Hier sind die gewünschten Zeitungen“, sagte Chefinspektor Grünberg zu Lord Huber und holte einen Stapel Zeitungen aus seinem Rucksack.

„Zeitungen? Welche Zeitungen? Hier gibt es doch genug davon!“, wunderte sich Jaromir.

„Wir brauchen sie aus vielen Ländern. Und wir wollen sie zerschneiden“, erklärte Lord Huber. „Damit hätten die Gäste hier im Kaffeehaus wohl keine Freude.“

Chefinspektor Grünberg legte den Stapel Zeitungen auf den Tisch – und holte noch eine große Schere aus seinem Rucksack.

Lord Huber rieb sich die Hände. „Ausgezeichnet! Dann können wir ja loslegen! Aber vorher möchte ich Herrn Jaromir noch die ganze Sache erklären.“

„Das wäre sehr freundlich“, knurrte Jaromir. „Ich möchte übrigens die englischen Zeitungen haben“, fügte er hinzu. „Mein Englisch braucht dringend eine Auffrischung.“

Lord Huber legte *The Daily Telegraph*, Jaromirs Lieblingszeitung, und ein paar andere Zeitungen auf den Boden.

„Einmal bellen genügt“, sagte er. „Dann bin ich schon mit der Schere zur Stelle.“

Lord Huber raschelte mit der Zeitung, die vor ihm auf dem Tisch lag. Er schaute Herrn Jaromir an.

„Chefinspektor Grünberg und ich, wir glauben, dass in diesen Tagen in ganz Europa Diebe unterwegs sind, um große und kleine Kostbarkeiten zu stehlen. Sie alle bereiten sich auf etwas Besonderes vor – auf die Nacht der Diebe!"

Jaromir blickte beide erstaunt an. Die Nacht der Diebe?

Davon hatte er noch nie gehört.

„Die Nacht der Diebe!", fuhr Lord Huber fort. „Ist sie eine Legende? Gibt es sie wirklich? Ich glaube, ja. Es gibt sie. In einer Nacht im Jahr treffen sich Meisterdiebe aus der ganzen Welt an einem geheimen Ort und zeigen – einem uns leider unbekannten Chef oder einer Chefin – ihre Beute. Das können alle möglichen Dinge sein. Jeder will den anderen übertreffen. Alles wird ausgestellt und gezeigt – und dann wird der König der Diebe gewählt, er bekommt sogar eine kleine Krone aus Gold."

„Wir haben schon oft von dieser geheimnisvollen Nacht der Diebe gehört", sagte Chefinspektor Grünberg. „Angeblich werden immer nur fünf Meisterdiebe eingeladen. Aber wir hatten bisher keine konkrete Spur. Wer gehört zu den Meisterdieben? Wo findet diese Nacht der Diebe statt? Wer ist der Kopf dahinter? Wir glauben, dass wir bald einen entscheidenden Hinweis bekommen werden, der uns weiterhilft. Dann wissen wir hoffentlich, wo das nächste Geheimtreffen der Meisterdiebe stattfinden wird."

Jaromir hatte eine Idee.

„Wird es hier in Graz sein?", fragte er schnell. „Sind wir deshalb nach Graz gekommen?"

Lord Huber schüttelte den Kopf.

„Nein", sagte er. „Wir sind nach Graz gekommen, weil ich Chefinspektor Grünberg sehen wollte. Er arbeitet schon lange an diesem Fall. Und wir sind in Graz, weil ich diese schöne Stadt endlich einmal besuchen wollte. Dass wir dann auch noch einen Dieb überführen konnten, das war reiner Zufall. Nein, die Nacht der Diebe wird nicht in Graz stattfinden. Obwohl ich gerne noch länger hierbleiben würde ..."

Chefinspektor Grünberg deutete auf die Zeitungen, die er mitgebracht hatte. „In diesen Zeitungen müssten wir Meldungen über Diebstähle finden, die kürzlich passiert sind. Wir glauben, dass die Nacht der Diebe in wenigen Tagen stattfinden wird. Wir hoffen, dass wir bald den genauen Zeitpunkt und den Ort erfahren. Wir warten noch auf eine Nachricht."

„Und von wem wird diese Nachricht kommen?", wollte Jaromir wissen.

„Von einem alten Freund", sagte Lord Huber. „Aber

machen wir uns lieber an die Arbeit. Damit wir bereit sind, wenn die Reise losgeht."

Herr Jaromir war verwirrt.

Diebstähle in vielen Ländern? Fünf Meisterdiebe? Eine Nacht der Diebe an einem geheimen Ort? Eine Nachricht von einem alten Freund?

Das klang reichlich seltsam. Aber Seltsamkeiten war er schon gewohnt, bei seinen Detektivabenteuern mit Lord Huber.

Alle drei machten sich ans Lesen.

Minutenlang hörte man nur das Blättern und Rascheln von Zeitungsseiten, ab und zu seufzte Lord

Huber oder Chefinspektor Grünberg kratzte sich nachdenklich am Kinn.

Einmal bellte Herr Jaromir laut, und sofort zückte Lord Huber die große Schere.

Nach einer Stunde lagen vier Artikel auf dem Tisch, die der Chefinspektor und Lord Huber aus verschiedenen Zeitungen ausgeschnitten hatten.

„Das ist unsere Beute!“, sagte Lord Huber zufrieden. „Immerhin. Ein Anfang. Also, was haben wir da alles?“

Er hielt seinen Stock über einen der kleinen Zeitungsausschnitte und klappte eine Lupe auf, die im Stock verborgen war.

„Ein Vorfall in England. Danke, mein lieber Jaromir! Das haben Sie genau richtig erkannt. Das hat mit unserem Fall zu tun.“

„Um welchen Diebstahl handelt es sich?“, fragte Chefinspektor Grünberg neugierig.

„Nun“, sagte Lord Huber feierlich. „Ein berühmter Kollege von uns wurde bestohlen. Leider kann er sich nicht selbst um die Aufklärung des Falls kümmern. Das müssen wir für ihn tun.“

„Wie meinen Sie das?“, fragte Chefinspektor Grünberg.

„In London ist eine Pfeife verschwunden“, sagte Lord Huber. „Aber es ist nicht irgendeine Pfeife. Es handelt sich um die Pfeife des einzigartigen, weltberühmten Detektivs Sherlock Holmes, der schon lange nicht mehr unter uns weilt. Aus dem Sherlock-Holmes-Museum in London, das an ihn und seine meisterhaften Fälle erinnert, wurde seine Pfeife gestohlen. "

„Die Pfeife von Sherlock Holmes – ein erstaunlicher Diebstahl", überlegte der Chefinspektor.

„In der Tat", sagte Lord Huber. „Es muss während der Besuchszeiten geschehen sein. Nichts sonst wurde entwendet. Es fehlt nur die Pfeife."

„Für Sherlock-Holmes-Fans ist das sicher ein kostbares Stück, aber für Meisterdiebe?" Chefinspektor Grünberg schien skeptisch zu sein. „Ob das wirklich mit der Nacht der Diebe zu tun hat?"

„Da bin ich mir ganz sicher", sagte Lord Huber. „So wie dieser Diebstahl hier." Er hob einen kleinen Artikel hoch, der auf rosarotem Papier gedruckt war. „In einer italienischen Sportzeitung ist zu lesen, dass die Fußballschuhe von Francesco Totti gestohlen wurden."

„Totti? Ist das der Spieler in Rom, der immer nur bei einem Verein gespielt hat? Und der inzwischen aufgehört hat?"

„Francesco Totti ist eine Legende", sagte Lord Huber. „Er spielte in seiner ganzen Karriere als Fußballer nur für den AS Roma. Er wird in Rom und in ganz Italien von allen verehrt. Und jetzt wurden seine Schuhe gestohlen. Sie waren in einer Vitrine in seiner Lieblingspizzeria im römischen Viertel Trastevere ausgestellt. Er hatte sie der Pizzeria geschenkt. In einer Nacht wurde die Vitrine eingeschlagen – die Schuhe sind weg."

„Nun ja. Es sind alte Fußballschuhe. Ist das wichtig?", fragte Chefinspektor Grünberg.

„Und wie!", rief Lord Huber. „Das erklärt vieles. Unsere Nacht der Diebe wird von jemandem organisiert, der Sherlock Holmes verehrt – und der Fußball liebt. Man wollte ihm – oder ihr – eine Freude machen."

„Und er – oder sie – scheint den *italienischen* Fußball zu lieben", dachte der Chefinspektor laut nach.

„Wer tut das nicht?", fragte Lord Huber. „Aber es könnte eine erste Spur sein ..."

„Bleiben noch zwei Diebstähle, die mir aufgefallen sind ", sagte Chefinspektor Grünberg. „In Dublin, in Irland, wurde aus dem *Writer's Museum*, dem Museum der Schriftsteller, eine wertvolle Originalausgabe gestohlen, die erste Ausgabe des Buches *Dracula* des Schriftstellers Bram Stoker. Sie wissen schon, die Geschichte von diesem Grafen Dracula, der ein Vampir ist. Es gibt viele Filme über ihn. Auch in Dublin wurde in der Nacht eingebrochen. Die Alarmanlage im Museum wurde professionell ausgeschaltet. Das Buch ist weg, sonst wurde nichts angerührt."

„Dann mag jemand auch Vampirgeschichten", dachte Lord Huber laut nach. „Erstausgaben sind für Sammler etwas sehr Kostbares."

Jaromir kam aus dem Staunen nicht heraus. Eine Pfeife, Fußballschuhe, ein altes Buch – er hatte bei der Nacht der Diebe eher an wertvolle Gemälde oder an königlichen Schmuck gedacht.

Chefinspektor Grünberg hob den vierten Zeitungsartikel hoch.

„Ein Diebstahl, der in den letzten Tagen gemeldet wurde, ist anders als die anderen", sagte er. „Da ist etwas wirklich Wertvolles verschwunden, das viel Geld einbringt."

„Sie meinen die Geschichte in Salzburg, habe ich recht?", fragte Lord Huber.

Der Chefinspektor nickte. „Die Geige des weltberühmten Komponisten Wolfgang Amadeus Mozart wurde gestohlen, und zwar aus dem Haus in Salzburg, in dem er gelebt hat und das jetzt ein Museum ist. Wieder ein Diebstahl in der Nacht, trotz Alarmanlage. Wir haben es also anscheinend auch mit einem Fan von Mozart zu tun. Jemand liebt seine Musik. Wobei diese besondere Geige überall in der Welt hohe Preise erzielt."

„Wurde aus dem Mozart-Haus nicht noch etwas gestohlen?“, fragte Lord Huber. Seine Stimme klang aufgeregt.

„Ja, aber das steht hier nur am Rande. Es wurde auch ein Nachttopf mitgenommen. Es gab zwei Nachttöpfe im Hause Mozarts. Einer wurde gestohlen.“

„Ja, das waren noch andere Zeiten damals“, sinnierte Lord Huber. „Kerzen statt elektrischem Licht, Kutschen statt Autos – und Nachttöpfe statt einer Toilette mit Wasserspülung …“

Er klopfte mit seinem Stock auf den Tisch.

„Die Geige war ein großer Fehler“, sagte er. „Ich sage ja: Alle Diebe machen Fehler.“

Chefinspektor Grünberg und Herr Jaromir schauten einander ratlos an.

„Aber die Geige ist doch das einzig Kostbare, das bei allen Diebstählen verschwunden ist“, sagte der Chefinspektor.

„Eben.“ Lord Huber klopfte noch einmal auf den Tisch. „Die Geige war nicht geplant, nur der Nachttopf. Der Auftrag war, kleine Besonderheiten zu bringen, die nicht auffallen. Da bin ich mir sicher. Mozarts Geige fällt auf. Es steht groß in allen Zeitungen.“

Lord Huber lehnte sich zufrieden zurück.

„Sie hätten beim Nachttopf bleiben sollen. Jetzt haben wir eine Spur. Und diese Spur heißt Mozart!“

Der Stock in seiner Hand vibrierte.

„Ein Anruf“, sagte er entschuldigend und hielt den Stock ans Ohr.

Er hörte kurz zu, dann ließ er den Stock sinken.

„Wir wissen jetzt, wo die Nacht der Diebe stattfinden wird“, sagte er leise. „Morgen fahren wir los.“

# Drittes Kapitel

*in dem eine rätselhafte Nachricht entschlüsselt wird, Lord Huber einen Stock kauft und ein Haus leuchtet und summt*

„Kommt zum steinernen Buch!“

Lord Huber sah Chefinspektor Grünberg und Herrn Jaromir triumphierend an. „Das ist die Nachricht, die ich eben bekommen habe. Damit haben wir die Lösung! Das ist unser Ort!“

„Das soll eine Lösung sein?“, fragte Chefinspektor Grünberg. „Ich höre nur das Rätsel, aber wo ist die Lösung?“

Lord Huber tippte sich mit einem Zeigefinger an die rechte Schläfe. „Die Lösung ist hier drinnen, in meinem Kopf.“

„Dann wissen Sie, wo dieses mysteriöse steinerne Buch steht? Ist es in einer Bibliothek?“

„Es steht nicht. Es liegt“, sagte Lord Huber. „Und es befindet sich auch nicht in einer Bibliothek, sondern an einem der schönsten Plätze der Welt.“

Er zwinkerte Herrn Jaromir zu. „Es ist ein Ort, den mein Freund, Herr Jaromir, über alles liebt.“

„Dann muss es sich um einen Ort am Meer handeln“, sagte Herr Jaromir. „Ich liebe das Meer über alles. Das große Blau! Es gibt nichts Schöneres.“

„Dann findet die Nacht der Diebe am Meer statt?“, fragte Chefinspektor Grünberg. Seine Stimme war heiser geworden. „Aber – dort habe ich keine Befugnisse“, sagte er traurig. „Ich werde nicht mitkommen können. Ans Meer darf ich höchstens als Tourist fahren.“

„Auch wir werden als Touristen ans Meer fahren“, sagte Lord Huber. „Aber ich würde Sie bitten, dass wir telefonisch in Kontakt bleiben. Es könnte sein, dass ich Ihre Hilfe brauche.“

„Selbstverständlich“, sagte Chefinspektor Grünberg. „Aber – nun sagen Sie schon! Wo ist dieses steinerne Buch? Und – was steht in diesem Buch?“

Lord Huber räusperte sich.

„Nun, das steinerne Buch befindet sich in der schönen Stadt Caorle in Italien, unweit von Venedig. Ich habe Caorle schon einmal besucht. Ich habe mit Ferdinand, meinem Freund von *Scotland Yard*, einen Mann beobachtet, der dort Urlaub gemacht hat. Er war ein berühmter Kunstfälscher. Wir konnten ihn schließlich überführen. Er wollte gerade ein gefälschtes Bild verkaufen.“

„Dann kommt der Hinweis von Ferdinand", sagte Herr Jaromir. „Ich habe es mir fast schon gedacht."

„Ja, Ferdinand ist immer zur Stelle, wenn er gebraucht wird. Das war auch schon bei unseren anderen Fällen so. Ferdinand beobachtet seit Monaten ein italienisches Brüderpaar. Beide Brüder stehen im Verdacht, zwei Meisterdiebe zu sein. Nun sind sie auf Urlaub in Caorle. Und Ferdinand hat auch noch zwei andere Diebe in der Stadt gesehen, die international gesucht werden. Das dürfte kein Zufall sein."

„Vier Diebe machen gleichzeitig Urlaub an einem Ort – das klingt durchaus verdächtig", sagte Chefinspektor Grünberg. „Und was hat es mit diesem steinernen Buch auf sich?"

„Mein Freund Ferdinand liebt Rätsel. In Caorle gibt es seit vielen Jahren eine Kunstaktion. Große Felsbrocken, die entlang der Meerespromenade aufgeschichtet wurden, dürfen von Künstlerinnen und Künstlern bearbeitet und gestaltet werden. In den vergangenen Jahren sind viele Kunstwerke aus Stein entstanden, die man sich beim Spazierengehen in Ruhe anschauen kann. Eine Ausstellung am Meer, die immer geöffnet ist! Auf einem dieser Steine liegt ein steinernes Buch, gestaltet von einem Bildhauer. Die Seiten sind aufgeschlagen, aber man kann keinen Text lesen. Ferdinand liebt dieses verwitterte Buch aus

Stein. Es war unser Treffpunkt, damals, in Caorle. Das ist einige Jahre her."

„Jetzt dürfte Ihr Freund wieder vor Ort sein", sagte Chefinspektor Grünberg. „Wenn Sie wollen, kann ich Ihnen ein altes Dienstfahrzeug der Polizei zur Verfügung stellen. Wir verwenden es als Reserveauto. Es sieht ganz und gar unverdächtig aus. Genau das Richtige für zwei Touristen, die ans Meer fahren."

„Das Angebot nehmen wir gernc an", sagte Lord Huber. „Aber vorher muss ich mir noch einen zweiten Stock kaufen. Er könnte mir noch nützlich sein. Man kann nie wissen."

Minuten später spazierten Lord Huber und Herr Jaromir zurück zum Hotel. Sie mussten quer durch die Stadt und genossen den Trubel in der Innenstadt.

In vielen Straßencafés saßen junge Leute, ein Musiker stand in einer Hauseinfahrt und spielte auf einem Saxofon.

„Ich würde gerne mehr Zeit in Graz verbringen", sagte Lord Huber. „Sobald der Fall gelöst ist, sollten wir hier Urlaub machen. Was halten Sie davon, mein Freund?"

Herr Jaromir bellte dreimal laut und kurz.

Und das hieß dreimal Ja!

Es war langsam Abend geworden.

„Da vorne ist ein altes Geschäft, genau das Richtige für Herren wie mich. Vielleicht bekomme ich hier einen zweiten Stock“, sagte Lord Huber. „Wollen Sie hier auf mich warten?“

Er betrat das Geschäft; beim Öffnen der Tür hörte man eine Glocke bimmeln.

Herr Jaromir staunte über die Auslage. Alte Hüte lagen auf vergilbten Seidentüchern, ein paar Regen-

schirme waren aufgespannt, einige Gehstöcke lehnten in einer Ecke – das Geschäft hatte wohl schon bessere Zeiten gesehen.

Herr Jaromir kam ins Grübeln.

Wozu brauchte Lord Huber einen zweiten Stock?

Was hatte er vor? Hatte er schon einen Plan für die Nacht der Diebe?

„Ich werde meine Augen und Ohren gut offen halten“, sagte Herr Jaromir zu sich. „Auch ein Meisterdetektiv wie Lord Huber kann Unterstützung brauchen. Sherlock Holmes hatte schließlich auch immer seinen Freund, Dr. Watson, an seiner Seite …“

Lord Huber kam mit einem kleinen Päckchen aus dem Geschäft. Wo war der neue Stock?

„Haben Sie etwas Passendes gefunden?“, fragte Herr Jaromir neugierig.

„Ich bin zufrieden“, sagte Lord Huber. „Ich hoffe, dass alles funktioniert.“

Mehr war ihm nicht zu entlocken.

Herr Jaromir wollte gerade nachfragen, da wurde er von einem Haus abgelenkt, das wie ein leuchtendes Raumschiff aussah. Buchstaben flimmerten über die Wände, die immerzu ihre Farben änderten.

„Das ist das Kunsthaus“, sagte Lord Huber, der Herrn Jaromirs erstaunten Blick bemerkt hatte. „Hier gibt es oft Ausstellungen. Der Architekt nennt das Haus *friendly alien*, einen freundlichen Außerirdischen, der hier in Graz gelandet ist. Der Bau ist faszinierend. Das Haus kann nicht nur leuchten – es summt und brummt auch, wenn man daran vorbeigeht."

Herr Jaromir lief los. Das wollte er hören! So schnell er konnte, rannte er zum leuchtenden Haus.

Und tatsächlich – kaum stand er vor dem ungewöhnlichen Bau, hörte er auch schon ein freundliches Summen und Brummen.

„Das gefällt mir", sagte Herr Jaromir. „*That's great!* Schade, dass alle anderen Häuser so stumm sind. Die hätten sicher auch viel zu erzählen. Und sie könnten uns manchmal etwas vorsingen."

„Eine schöne Vorstellung", sage Lord Huber. „Dann könnte uns heute unser Hotel in den Schlaf singen. Da vorne sind wir schon. Es wird Zeit fürs Bett. Wir müssen morgen früh los."

„Morgen wird uns jedenfalls bestimmt jemand in den Schlaf singen", sagte Herr Jaromir. „Darauf freue ich mich schon."

„Wen meinen Sie?", fragte Lord Huber.

„Das Meer", sagte Herr Jaromir und bellte vor Vorfreude so laut, dass sich die Leute auf der Straße erstaunt nach ihm umdrehten.

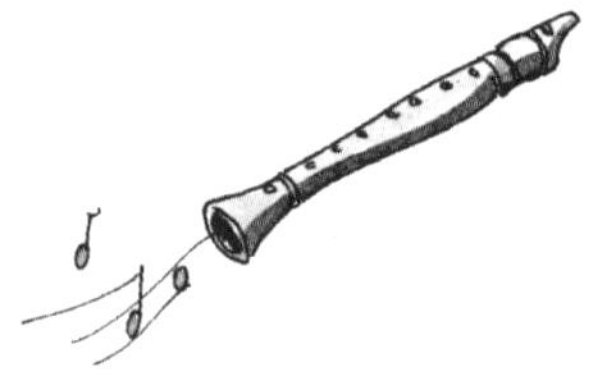

# Viertes Kapitel

*in dem eine Zauberflöte aufspielt,*
*Herr Jaromir sonderbare Träume hat*
*und das Meer begrüßt wird*

Chefinspektor Grünberg stand Punkt acht Uhr vor dem Hotel.

Lord Huber und Herr Jaromir hatten kurz gefrühstückt und einen raschen Blick in die Zeitungen geworfen. Zum Erstaunen von Herrn Jaromir war auch seine Lieblingszeitung, The *Daily Telegraph*, vor der Zimmertür gelegen. Das musste Lord Huber veranlasst haben, der wusste, dass Herr Jaromir seine Englischkenntnisse durch tägliches Zeitungslesen verbessern wollte.

„*Thank you!*", hatte Herr Jaromir überrascht gerufen, dann hatte er schnell die Seiten überflogen. Von einem neuen Diebstahl war nichts zu lesen.

Aber wer wusste schon, wo die Meisterdiebe inzwischen wieder zugeschlagen hatten!

Chefinspektor Grünberg wartete vor dem Hotel-

Eingang. Er deutete auf einen blauen, etwas verbeulten Lieferwagen am Straßenrand.

„Das ist unser Reserveauto. Damit können Sie getrost ans Meer fahren. Niemand wird vermuten, dass in diesem Auto zwei Detektive unterwegs sind."

„Ich danke Ihnen", sagte Lord Huber. „Das ist sehr freundlich von Ihnen. Ich habe Ihre Telefonnummer eingespeichert. Ich halte Sie auf dem Laufenden."

„Ja, bitte tun Sie das!", sagte Chefinspektor Grünberg. „Und wenn Sie Hilfe brauchen, setze ich mich in mein Auto und fahre sofort los. Darauf können Sie sich verlassen."

„Ich weiß Ihren Einsatz zu schätzen", sagte Lord Huber. „Aber Ferdinand hat vorgesorgt. Ein alter Bekannter von ihm ist Polizeichef in Caorle. Er hat uns jede Form von Unterstützung zugesagt und weiß, dass wir verdeckt ermitteln."

Chefinspektor Grünberg lächelte verschmitzt. „Ich weiß. Ich habe gestern am Abend mit Signore Boletti telefoniert. Er weiß von meinem Interesse an diesem Fall. Richten Sie ihm herzliche Grüße aus!"

„Das werde ich", sagte Lord Huber. „Und nochmals vielen Dank für Ihre Hilfe!"

Chefinspektor Grünberg wandte sich Herrn Jaromir zu.

„Auf dem Nebensitz liegt übrigens eine besonders

weiche Decke. Beifahrer sollten es gemütlich haben."

Er drückte Lord Huber einen Schlüssel in die Hand.

„Hier ist der Autoschlüssel; alle Papiere und Informationen zum Auto liegen im Handschuhfach."

Als Lord Huber und Herr Jaromir losfuhren, winkte ihnen der Chefinspektor freundlich zu.

„Gute Reise!", rief er ihnen nach.

Zu seinem Erstaunen hörte er laute Musik aus dem Auto.

„Diese zwei Kollegen stecken voller Überraschungen", sagte Chefinspektor Grünberg zu sich selbst und schaute dem Auto lange nach.

Lord Huber steuerte den blauen Lieferwagen sicher durch die Stadt zur Autobahn Richtung Italien.

Aus der Stereoanlage im Auto strömte wunderschöne Musik.

Lord Huber hatte vor der Abfahrt eine CD aus seinem Rucksack geholt und sie Herrn Jaromir gezeigt.

„Wollen Sie Mozart hören?", hatte er freundlich gefragt. Herr Jaromir hatte genickt.

So waren sie losgefahren, mit der Musik von Wolfgang Amadeus Mozart im Auto.

„Das ist der Beginn der Oper *Die Zauberflöte*", erklärte Lord Huber, während er das Auto durch den

Grazer Stadtverkehr steuerte. „Ich liebe diese Oper. Sie hat etwas Märchenhaftes. Es gibt viele Gegensätze: Den ernsten Prinzen Tamino und den lustigen Vogelhändler Papageno, die traurige Prinzessin Pamina und die fröhliche Papagena. Es gibt die dunkle Königin der Nacht, die wunderbar hoch singen kann – und den Hüter des Lichts, Meister Sarastro, der mit einer ganz tiefen Stimme singt. Viele Gegensätze also – und zwei Liebesgeschichten, die natürlich gut ausgehen. Tamino findet seine Pamina, und Papageno bekommt seine Papagena. In manchen Inszenierungen finden sogar die Königin der Nacht und Sarastro zueinander, das Licht und die Dunkelheit versöhnen sich ...“

„Und warum heißt die Oper *Die Zauberflöte*?“, fragte Herr Jaromir, der nebenbei gebannt der Musik lauschte.

„Tamino und Papageno müssen Prinzessin Pamina befreien – und zwei Zauberdinge helfen ihnen dabei“, sagte Lord Huber. „Eine Zauberflöte, deren Klang sogar wilde Tiere besänftigt – und ein Glockenspiel, das alle verzaubert.“

„Beides könnten wir auch gut gebrauchen“, sagte Herr Jaromir. „Vielleicht geben Meisterdiebe alles freiwillig zurück, wenn sie verzauberte Klänge hören ...“

Die Autofahrt machte Herrn Jaromir schläfrig. Er

machte es sich auf dem Nebensitz gemütlich. Die Musik wurde immer leiser ...

Herr Jaromir träumte, dass er über einen weiten Strand lief. Er war am Meer.

Das Meer war wunderbar blau. Zu seinem Erstaunen war auch sein Fell blau. Meerblau. Das sah schön aus.

Jemand spielte Flöte am Strand. War das nicht eine Zauberflöte? Plötzlich erhoben sich überall Fische aus dem Wasser. Sie tanzten zur Musik der Flöte in der Luft, einige Meter über dem Meer.

Herr Jaromir schaute fasziniert zu. Er bellte aufgeregt.

„Sie bellen zur rechten Zeit, mein Freund“, hörte er da die Stimme von Lord Huber neben sich. „Wir sind da. Gut, dass Sie aufgewacht sind. Es wird Zeit, das Meer zu begrüßen.“

Herr Jaromir wunderte sich. Sie waren schon da?

Sie waren doch eben erst losgefahren!

Lord Huber hatte das Auto nahe dem Zentrum eingeparkt.

„Von Graz aus braucht man nur ein paar Stunden ans Meer“, sagte Lord Huber beim Aussteigen. „Das müssen wir uns merken. Wir sollten diese Strecke öfter fahren.“

Sie stiegen ein paar Steinstufen hinauf, und dann standen sie schon auf einer langen Promenade, die dem Meer entlang führte.

„Ich kann mich an diesen Weg erinnern. Hier kann man wunderbar spazieren gehen“, sagte Lord Huber „Und man kann dabei aufs Meer sehen.“

Er hob Herrn Jaromir auf die niedrige Steinmauer vor ihnen, dann waren beide lange still.

Sie schauten auf das große Blau vor ihnen.

„*Ciao Mare*“, sagte Lord Huber. „Sei gegrüßt, Meer! Es ist schön, dich zu sehen.“

Herr Jaromir bellte dreimal. Laut und herzlich.

Das Meer rauschte freundlich eine Antwort zurück.

# Fünftes Kapitel

*in dem eine Zahl eine wichtige Rolle spielt,*
*ein Brief auftaucht*
*und ein Freund sich in Luft auflöst*

„Wir müssen zum steinernen Buch“, sagte Lord Huber. „Es muss hier irgendwo sein, soweit ich mich erinnern kann. Ich bin mir sicher, dass Ferdinand dort einen Hinweis für uns versteckt hat. Ich frage mich, wo er ist. Immer diese Geheimnistuerei! Er möchte wahrscheinlich nicht, dass wir zusammen gesehen werden. Er will unerkannt bleiben. Ich hoffe trotzdem, dass wir ihm bald über den Weg laufen. Er hat bestimmt wichtige Informationen für uns. Vor allem kennt er die Diebe, die hier irgendwo in der Stadt sind.“

Herr Jaromir entdeckte eine Stufe, die von der Promenade noch weiter zum Meer hinunterführte. Unterhalb der Promenade gab es noch einen Weg, auf dem man gut flanieren konnte.

Man hatte – auch zum Schutz vor den Wellen – viele Felsbrocken aufgeschüttet, den ganzen Weg am Meer entlang. Immer wieder schlugen die Wellen gegen die Felsen.

Viele Felsblöcke waren von Künstlerinnen und Künstlern bearbeitet worden. Herr Jaromir rannte von einer Felsenfigur zur nächsten – da war ein Krokodil zu sehen, dort eine Meerjungfrau. Da sah man eine Harfe aus Stein, dort ein steinernes Schiff. Es gab sogar einen Frosch aus Stein.

Aber wo war das Buch, das sie suchten?

Herr Jaromir rannte einmal in die eine Richtung, dann in die andere. Es gab viele Gesichter und Figuren zu sehen. Jeder Stein erzählte eine andere Geschichte.

Und plötzlich hatte er es entdeckt. Er stand vor einem steinernen Buch.

Es lag auf einem Felsblock und sah erstaunlich echt aus.

Als hätte jemand ein dickes Buch aufgeschlagen und es dann liegengelassen. Als wäre es vergessen worden, und dann war es langsam versteinert. Jetzt las nur noch der Wind in seinen Seiten.

Herr Jaromir bellte laut, er hatte das Buch gefunden.

Er wartete, bis Lord Huber neben ihm stand.

„Danke, mein Freund“, sagte Lord Huber. „Das ist das steinerne Buch. Ich hätte es nicht so schnell gefunden. Hier dürften viele neue Kunstwerke entstanden sein, seit ich vor Jahren hier war. Irgendwo muss auch eine Nachricht für uns sein.“

Aufmerksam betrachteten sie den Stein.

Lord Huber tastete ihn von allen Seiten ab.

„Ich sehe hier keinen Zettel und keine Nachricht“, sagte er. „Das ist seltsam. Ferdinand kann nur dieses Buch gemeint haben. Ich kenne kein anderes steinernes Buch in Caorle.“

„Vielleicht sind wir am falschen Ort?“, überlegte Herr Jaromir. „Könnte es auch in einer anderen Stadt ein steinernes Buch geben?“

Lord Huber schüttelte den Kopf. „Das glaube ich nicht. Es muss dieses Buch sein. Wir müssen genauer schauen!“

Lord Huber klappte eine Lupe aus seinem Stock und betrachtete die steinernen Buchseiten. Herr Jaromir sah sich den unteren Rand des Felsblocks genau an. Der Stein hatte Risse und Kratzer abbekommen, im Lauf der Jahre.

„Ich habe etwas gefunden“, sagte Herr Jaromir. „Diese Kratzer sehen neu aus!“

Lord Huber kniete sich nieder und hielt die Lupe über die Kratzer, die Herr Jaromir entdeckt hatte.

„Das sind Buchstaben. Und eine Zahl ist auch dabei“, sagte Lord Huber.

„KL6F“, las er laut vor.

Er klopfte mit seinem Stock gegen den Felsen.

„Das kann nur von Ferdinand sein! Er liebt es, rätselhafte Nachrichten zu hinterlassen.“

Herr Jaromir studierte die Nachricht.

„KL6F“, sagte er nachdenklich. „Ich nehme an, das F steht für Ferdinand.“

„Gut kombiniert“, sagte Lord Huber. „Bleiben noch K und L und die Zahl 6.“

Er dachte kurz nach. „Wofür stehen die Abkürzungen L und R sehr oft?“, fragte er schließlich.

„L und R?“ Herr Jaromir musste nicht lange überlegen. „Die stehen oft für links oder rechts.“

„Das sehe ich auch so“, sagte Lord Huber anerkennend.

„Dann könnte das L bedeuten, dass wir nach links gehen müssen. Aber was ist mit K 6 gemeint?“

Beide schauten nach links. Die Meerespromenade führte zur linken Hand geradewegs auf eine kleine Kirche zu, die nahe am Meer gebaut war.

„K wie Kirche“, sagten beide fast gleichzeitig.

„Aber die 6 muss auch noch eine Bedeutung haben“,

murmelte Lord Huber. „Die Kirche ist noch weit weg. Ich glaube nicht, dass uns Ferdinand von hier zur Kirche schicken wollte. Die Lösung muss näher sein. Näher beim steinernen Buch."

„KL6F. Kirche Links 6 Ferdinand", las Jaromir laut vor. „Sollen wir einfach sechs Schritte Richtung Kirche gehen? Von hier aus?"

Er probierte es aus und stand beim nächsten bearbeiteten Felsen, auf dem ein Haus aus Stein zu sehen war.

„Ein Haus aus Stein?" Lord Huber runzelte die Stirn. „Was soll das bedeuten?"

Er sah sich noch einmal nach allen Seiten um.

„Jetzt weiß ich es", sagte er dann. „Es geht nicht um sechs Schritte. Ich glaube, das F soll Felsen bedeuten. Also: Kirche Links 6 Felsen. Schauen wir noch fünf Steine weiter."

Sie gingen weiter und zählten mit.

Sie standen vor einem Felsen, aus dem ein Delfin aus Stein herausschaute. Es sah aus, als würde er im nächsten Moment aus dem Felsen springen wollen.

„Der möchte zurück ins Meer", sagte Herr Jaromir. „Ferdinand wollte uns also zu diesem Delfin schicken. Warum?"

Lord Huber streckte seinen Stock aus und zeigte auf eine Reihe von Häusern, die entlang des weitläufigen Strands und der Meerespromenade zu sehen waren.

„Da drüben gibt es viele Hotels. Wenn ich mich recht erinnere, sieht man an einem der Häuser genau so einen Delfin. Wir sollten einen kleinen Spaziergang machen."

Sie folgten der Promenade bis zur kleinen Kirche, dann bog der Weg ab und ging den breiten Strand entlang.

Auf der Straße reihte sich ein Hotel an das nächste. Das Hotel Sara war das erste in einer langen Reihe von Häusern mit vielen unterschiedlichen, meist italienischen Namen.

Plötzlich lief Jaromir bellend voraus. Vor einem weißen Haus blieb er stehen.

Er wartete ungeduldig auf Lord Huber, der das hohe Haus aufmerksam betrachtete.

„Ein weißer Delfin im Sprung", sagte er. „Ein schönes Schild. Und ein schöner Name: Hotel Delfino."

Jaromir war schon auf den Treppen, die zum Hotel hinaufführten. Lord Huber folgte ihm.

„Könnte gut sein, dass Ferdinand hier ein Zimmer für uns reserviert hat", sagte er. „Er will, dass wir hier wohnen. Das muss einen Grund haben. Wer weiß, vielleicht treffen wir hier einen Meisterdieb ... Oder eine Meisterdiebin! Lassen wir uns überraschen."

Lord Huber sollte recht behalten. Es war ein Zimmer für sie reserviert.

Nur, dass das Zimmer nicht auf Lord Huber reserviert war, sondern auf Jaromir, was Herrn Jaromir besonders freute.

„Ihr Freund hat auch einen Brief für Sie hinterlegt", sagte der Besitzer des Hotels, Signore Roberto, der gut Deutsch sprach. Er überreichte Lord Huber einen Briefumschlag.

„Oh, ein Willkommensgruß! Sehr aufmerksam", sagte Lord Huber und steckte das Kuvert ungeöffnet in seinen Rucksack.

„Jetzt freuen wir uns auf das Zimmer. Sogar mit Meerblick! Fantastisch! Der Urlaub kann beginnen!"

Das Zimmer war groß und hell, mit einem Balkon, von dem aus man auf das Meer schauen konnte.

Lord Huber setzte sich auf das Bett und öffnete Ferdinands Brief. Er las ihn aufmerksam.

„Unser Freund hat sich in Luft aufgelöst", sagte er dann mit besorgter Stimme. „Er schreibt, dass er sich beobachtet fühlt. Jemand dürfte ihn erkannt haben. Er ist nach Venedig gefahren, um von uns abzulenken. Er wird ein paar Tage dort bleiben, damit niemand Verdacht schöpft und wir ungestört ermitteln können."

Er ließ den Brief sinken.

„Wir haben einen klugen Freund. Aber leider sind wir in den nächsten Tagen auf uns allein gestellt. Und wie ich Ferdinand kenne, wird er sich nicht einmal telefonisch melden. Er will, dass wir hier wie unverdächtige Touristen erscheinen. Ferdinand muss in diesem Hotel etwas entdeckt haben. Oder besser gesagt: Jemanden! Deshalb hat er uns hier untergebracht. Ich glaube, wir sollten uns die Gäste sehr genau ansehen."

Herr Jaromir knurrte leise und lief zur offenen Balkontür.

Lord Huber folgte ihm.

Auf dem Balkon neben ihrem Zimmer saß ein Mann mit einem Buch in der Hand und las.

Aus seinem Zimmer hörte man leise Musik.

„Interessant", sagte Lord Huber. „Ein Mann, der Sherlock-Holmes-Geschichten liest und dabei Mozart hört – ein Mann mit Stil. Wir sollten uns unbedingt für ihn interessieren. Es könnte gut sein, dass er auch Fußball mag. Und Vampirgeschichten!"

Lord Huber sah sich im Zimmer um.

„Herr Jaromir, wir brauchen einen Plan."

Jaromir dachte kurz nach.

Dann begann er wie wild zu bellen.

# Sechstes Kapitel

*in dem Lord Huber einige Fragen stellt, Herr Jaromir überall Verdächtige sieht und ein Mann im Rollstuhl alles beobachtet*

Jaromir bellte, so laut er konnte. Er hörte gar nicht mehr auf damit.

Lord Huber war kurz erschrocken zusammengezuckt, dann hatte er verstanden.

Er ließ Herrn Jaromir eine Weile bellen, schließlich gab er ihm ein Zeichen. Herr Jaromir verstummte sofort.

Lord Huber öffnete mit einem Ruck die Zimmertür. Er ging ein paar Schritte den Gang entlang und klopfte an die Tür des benachbarten Zimmers.

Er musste mehrmals klopfen, bis ihm aufgemacht wurde.

Der Mann, der eben noch auf dem Balkon gesessen war, schaute ihn erstaunt an. Er hatte sein Buch in der Hand, die Musik hatte er leiser gestellt.

„Ist alles in Ordnung mit Ihrem Hund?“, fragte der Mann. „Ist etwas passiert?“

„Nun ja, gewissermaßen schon", sagte Lord Huber. „Mein Hund hat Ihre Ruhe gestört. Und dafür wollte ich mich entschuldigen. Er ist immer so aufgeregt, wenn wir in ein neues Hotelzimmer kommen. Aber er beruhigt sich schnell."

„Kein Problem", sagte der Mann. „Ich habe selber einen Hund zu Hause."

„Wo sind Sie denn zu Hause, wenn ich fragen darf?", sagte Lord Huber. „Entschuldigen Sie! Die Neugier ist eine Freude des Alters."

„Ich lebe in München“, sagte der Mann. „Ich bin zum Schreiben hier. Ich schreibe Krimis. Und mein neuer Krimi spielt am Meer. Deshalb bin ich für zwei Wochen ans Meer gefahren.“

„Ah! Das verstehe ich“, sagte Lord Huber. Er deutete auf das Buch. „Deshalb diese wunderbaren, alten Detektivgeschichten!“

„Ja, zur Einstimmung. Ich lese diese Fälle einfach gern. In den Schreibpausen lese ich oft solche Geschichten. Das bringt einen auf gute Ideen.“

„Ich bin ein Kunsthändler im Ruhestand“, sagte Lord Huber. „Gestatten, Huber mein Name. Und das ist Herr Jaromir. Wir genießen einfach ein paar ruhige Tage am Meer. Das Klima tut uns beiden gut.“

„Mein Name ist Bertram. Olaf Bertram. Vielleicht haben Sie schon einmal einen Krimi von mir gelesen.“

„Ich fürchte, nein. Aber ich werde es nachholen“, sagte Lord Huber. „Es freut mich übrigens, dass ein so junger Mann eine Liebe zu Mozart hat.“

„Oh, die Musik im Hintergrund. Sie haben gute Ohren. Ja, ich liebe Mozart. Ich habe mich viel mit seinem Leben beschäftigt. Ich wollte schon einmal einen Mozart-Krimi schreiben.“

„Das wäre bestimmt ein Erfolg“, sagte Lord Huber. „Das sollten Sie tun!“

Er deutete eine Verbeugung an.

„Ich will Sie nicht länger stören. Es hat mich gefreut, Ihre Bekanntschaft gemacht zu haben."

„Ganz meinerseits! Sie haben nicht gestört. Wir sehen einander sicher wieder, spätestens beim Frühstück. Schöne Tage am Meer!"

Lord Huber ging in sein Zimmer zurück.

„Wir haben einen ersten Verdächtigen", sagte er nachdenklich.

Herr Jaromir stand auf dem Balkon und sah auf den Strand hinunter. Lord Huber stellte sich neben ihn.

Im Sand waren lange Tische aufgestellt, mit Stühlen und Sonnenschirmen. Männer und Frauen in roten T-Shirts mit Schachbrett-Aufdruck saßen einander gegenüber – und alle spielten Schach.

„Eine Schach-Gruppe", sagte Lord Huber. „Sie dürften auch hier im Hotel wohnen."

„Ich sehe nur noch Verdächtige", sagte Herr Jaromir. „Überall! Auch dort drüben!"

Lord Huber folgte seinem Blick.

Ein wenig abseits, bei einem Straßencafé an der Promenade, saß ein alter Mann im Rollstuhl und beobachtete die Schachspieler.

Er hatte eine Mütze tief in die Stirn gezogen, als Schutz vor der Sonne, sein ganzer Körper war in eine Decke eingewickelt.

„Er ist mir vorher schon aufgefallen “, sagte Lord Huber. „Er wird wohl den ganzen Tag hier sitzen. Vielleicht würde er gern mitspielen.“

„Ich glaube, das tut er schon“, sagte Herr Jaromir. „Er spielt auf seine Art und Weise mit. Er schaut sehr genau zu. Kein Detail entgeht ihm. Er scheint großes Interesse an dieser Schach-Gruppe zu haben. Vielleicht sollten wir auch ihn im Auge behalten.“

„Das werden wir“, sagte Lord Huber. „Und jetzt schauen wir uns einmal den Strand an.“

Sie gingen an den Schachspielern vorbei und grüßten sie freundlich. Die Schachspieler reagierten kaum. Sie waren in ihr Spiel vertieft. Zwei Männer beendeten gerade ihre Partie. Sie standen auf und diskutierten miteinander. Sie sprachen Englisch.

„Schachspieler aus England. Ein Kriminalschriftsteller aus Deutschland. Ein Mann im Rollstuhl, der alle im Blick hat. Wir haben hier eine illustre Runde“, sagte Lord Huber.

Herr Jaromir lief plötzlich zu den Tischen der Schachspieler.

Neugierig betrachtete er die schwarzen Taschen, die alle neben ihren Stühlen im Sand stehen hatten.

Als ein Mann Jaromir sah, klatschte er in die Hände.

„*Go away*!“, rief er laut. Die anderen sahen erstaunt von ihren Schachbrettern hoch.

„Ich weiß, was Sie meinen“, sagte Lord Huber, als er mit Herrn Jaromir weiter Richtung Meer spazierte. „Alle unsere Schachfreunde haben so zweiteilige, schwarze Taschen. In jeder Tasche scheint ein Schachbrett zu sein. Alle dürften also zwei Schachbretter mit sich herumtragen. Vielleicht nehmen sie eines zum Üben und eines nur für Turniere? Ferdinand könnte uns da weiterhelfen. Er ist ein begnadeter Schachspieler. Er hat sogar ein paar Turniere gewonnen.“

# Siebentes Kapitel

*in dem eine Ausstellung besucht wird,*
*noch mehr Verdächtige auftauchen*
*und Herr Jaromir eigene Wege geht*

Als Lord Huber und Jaromir von ihrem Strandspaziergang zum Hotel Delfino zurückkamen, saß ihr Zimmernachbar, Herr Bertram, auf der kleinen Terrasse vor dem Hotel und trank einen Kaffee.

Er hatte einen weißen Anzug an, vor ihm auf dem Tisch lag ein Buch.

„So rasch sehen wir einander wieder“, sagte Lord Huber und blieb vor seinem Tisch stehen. „Mein lieber Herr Jaromir“ – er zeigte auf seinen Begleiter – „hat sich schon an die neue Umgebung gewöhnt.

Wir werden Sie nicht mehr belästigen!"

„Sie haben mich nicht gestört. Setzen Sie sich doch", sagte der Schriftsteller. „Ich habe schon an Ihre Tür geklopft. Ich wollte Sie fragen, ob Sie mich zu einer Ausstellungseröffnung begleiten wollen. Sie sind doch Kunsthändler, nicht wahr?"

„Nun ja, ich bin längst im Ruhestand. Aber die Kunst versetzt mich immer noch in die schönste Unruhe. Das ist sehr nett, dass Sie an mich gedacht haben! Um welche Ausstellung handelt es sich denn?"

„Ein Hotelgast, den ich beim Frühstück kennengelernt habe, hat eine kleine Ausstellung in der Stadt. Er ist Engländer. John Cook. Vielleicht haben Sie schon einmal von ihm gehört? Er illustriert Bücher und hat sich auf Bleistift- und Kohlezeichnungen spezialisiert. Er hat mir Kataloge gezeigt. Es sind wunderbare Skizzen von Städten."

„Das klingt spannend. Ich kenne den Namen nicht, aber die Bilder würden mich interessieren. Wo wird die Ausstellung gezeigt?"

Der Schriftsteller öffnete das Buch, das vor ihm auf dem Tisch lag, und holte einen schmalen Zettel zwischen den Seiten hervor.

„Hier ist die Adresse. Campo Cadorna. Das muss ein kleiner Platz in der Altstadt sein. Die Galerie heißt Barbara. Die Galeristin ist eine Deutsche. Sie war vorhin kurz im Hotel, um mit Herrn Cook zu sprechen. Da habe ich sie kennengelernt. Ich glaube, sie hat einen italienischen Geschäftsmann geheiratet. Kommen Sie mit? Ich würde bald losgehen."

„Wir sind in zwei Minuten bei Ihnen", sagte Lord Huber. „Ich hole nur noch rasch meine Jacke."

„In der Galerie wird es eng sein", sagte Lord Huber im Zimmer zu Jaromir. „Die Leute werden nach draußen gehen, zum Trinken und zum Plaudern. Dürfte ich Sie bitten, dass Sie draußen auf dem Platz bleiben und sich bei den Gästen umhören, während ich mich drinnen umsehe?"

Minuten später waren sie auf dem Weg zur Galerie.

Der Schriftsteller kannte sich gut aus. Er führte sie zu einem schmalen, beleuchteten Weg, der am Friedhof vorbei direkt in die Altstadt führte.

In den schmalen Gassen war kein Platz für Autos.

Manchmal kurvte jemand auf seinem Fahrrad vorbei, ansonsten gehörte die Altstadt ganz den Fußgängern.

Herr Jaromir liebte die Stimmung in der kleinen alten Stadt am Meer sofort. Und er merkte, dass sich auch Lord Huber überaus wohl fühlte.

Angeregt plauderte er im Gehen mit dem deutschen

Schriftsteller über das Schreiben von Kriminalgeschichten.

Einmal blieb er stehen, um aufmerksam im Buch zu blättern, das Herr Bertram mitgenommen hatte. Es war ein Buch, das dieser geschrieben hatte und der deutschen Galeristin als Geschenk mitbringen wollte.

„*Tod im Nebel*“, las Lord Huber laut vor. „Ein Krimi, der in Irland spielt. Sehr spannend! Den muss ich unbedingt einmal lesen.“

Er gab dem Schriftsteller das Buch zurück.

„Dann kennen Sie sicher auch die schöne Hauptstadt Irlands, das stimmungsvolle Dublin!“

„Ich liebe Dublin!“, sagte Herr Bertram begeistert. „Was für eine Stadt! Und es ist die Heimat großer Autoren! Die irische Literatur ist großartig“

„Kennen Sie auch das *Writer's Museum* in Dublin, das Museum der Schriftsteller ? “

„Natürlich! Ich habe viele Stunden dort verbracht!“

„Ich sehe schon, mein Freund“, sagte Lord Huber. „Sie lieben die Literatur!“

Sie spazierten durch ein paar enge Gassen, dann standen sie auf einem kleinen Platz. Die Häuser ringsum waren – wie in der ganzen Altstadt – bunt angemalt. Überall sah man gelbe und rote Fassaden und blaue und grüne Fensterläden. Herr Jaromir konnte sich gar nicht sattsehen an den vielen schönen alten Häusern, die liebevoll restauriert waren.

*Galleria Barbara* stand auf einem Schild über einem kleinen roten Haus mit weißen Fensterläden.

*Entrata libera,* Eintritt frei, war mit Leuchtbuchstaben an die Tür der Galerie geschrieben. Daneben hing ein Plakat, das in wenigen schwarzen Strichen die kleine Kirche zeigte, die Herr Jaromir und Lord Huber an der Meerespromenade gesehen hatten.

„Man erkennt die Kirche am Meer sofort“, sagte Lord Huber mit Blick auf das Plakat. „Dieser Mister Cook hat einen guten, dynamischen Strich.“

Auf dem Platz vor der Galerie standen schon mehrere Gäste, einige hatten Gläser in der Hand.

Lord Huber folgte dem Schriftsteller ins Innere der kleinen Galerie, Herr Jaromir blieb auf dem Platz und sah sich aufmerksam um.

Besonders ein älterer Herr faszinierte ihn.

Er war klein und hatte keine Haare mehr auf dem Kopf.

Aber er schien voller Energie zu sein und gestikulierte beim Reden wild mit den Händen.

Mit lauter Stimme sprach er auf Italienisch mit zwei jungen Männern, die einander sehr ähnlich sahen, wie Brüder.

Der Name Caorle schien oft zu fallen. Es klang so,

als würde der Ältere den beiden Jüngeren die Geschichte der kleinen Stadt am Meer erzählen.

Jaromir sah, dass der Mann eine besonders große Uhr am Handgelenk trug. Immer wieder glitzerte es golden auf, wenn er mit theatralischen Handbewegungen etwas zu beschreiben schien.

Lord Huber hatte sich inzwischen die Bilder in der Ausstellung angesehen. Es waren zwölf Bilder aus zwölf Städten – London, Paris, Rom, Wien, Salzburg waren darunter –, auch ein Bild von Dublin entdeckte Lord Huber an der Wand. Alle waren mit Kohlestift oder Bleistift gezeichnet. Es waren großformatige Schwarz-Weiß-Skizzen, die das Können des Künstlers zeigten.

Olaf Bertram führte eine elegante Frau mit blondgefärbten Haaren zu Lord Huber. Sie trug ein blaues Kleid, auf dem leuchtend weiße Fragezeichen zu sehen waren. An ihren Fingern glitzerten mehrere goldene und silberne Ringe.

„Darf ich Ihnen Barbara, die Leiterin der Galerie, vorstellen?“, sagte Olaf Bertram. „Das ist Herr Huber, er ist mein Zimmernachbar im Hotel Delfino.“ Er nickte Lord Huber aufmunternd zu und ging wieder nach draußen.

„Ich gratuliere zu dieser schönen Ausstellung“, sagte Lord Huber zur Galeristin und deutete eine

Verbeugung an. „Lord Huber, Kunsthändler im Ruhestand.“

Das Wort Kunsthändler ließ die Galeristin sofort aufhorchen.

„Barbara von Schönthan“, sagte sie mit hoher Stimme. „Es ist mir eine Freude und eine Ehre, dass Herr Bertram Sie mitgenommen hat. Willkommen, willkommen!“

Sie zeigte auf die Bilder an der Wand.

„Natürlich können Sie jedes dieser Kunstwerke auch käuflich erwerben. Skizzen sind ja im Vormarsch in der Kunst. Wer will schon immer nur Fertiges sehen, nicht wahr? Ich liebe Skizzen und andere ... Besonderheiten!“

Sie ging mit raschen Schritten auf einen jungen Mann zu, der zu seiner blauen Hose ein rotes Sakko und rote Turnschuhe trug. Auch seine Haare waren rot.

„Darf ich Ihnen den Künstler vorstellen? John Cook, ein Zeichner, der international erfolgreich ist! John ist ein Weltenbummler, habe ich nicht recht?“

Sie schob den Künstler Lord Huber regelrecht vor die Nase.

„Sie können übrigens Deutsch sprechen. John versteht sechs oder sieben Sprachen! Ist es nicht so, Darling?“

„Ich bin immer am Lernen“, sagte der Maler, dem

die übertriebene Freundlichkeit seiner Galeristin spürbar unangenehm war.

„Sie haben einen guten Strich“, sagte Lord Huber und stellte sich vor. „Ich habe einige Städte sofort erkannt – Rom, Salzburg, Dublin. Sie scheinen wirklich viel unterwegs zu sein.“

„Nun ja, ich liebe das Reisen", sagte John Cook. „Das Reisen bildet das Sehen. Das Unterwegssein ist gewissermaßen meine Ausbildung als Künstler."

„Ich verstehe", sagte Lord Huber. „Und was führt Sie ans Meer? Auch das Zeichnen?"

„Ich habe durch einen Sammler Frau von Schönthan kennengelernt. So kam es zu dieser Ausstellung. Jetzt stelle ich meine Bilder in Caorle aus. Und ich mache ein paar Tage Urlaub hier ..."

„Urlaub ist etwas Herrliches", sagte Lord Huber. Er beugte sich ein wenig vor. „Ich war ja Kunsthändler", sagte er leise. „Es ist immer ein Glück, Sammler zu haben. Ist Ihr Sammler hier? Ich würde ihn gern kennenlernen!"

John Cook sah sich um.

„Signore Umberto scheint draußen auf dem Platz zu sein. Ich führe Sie zu ihm."

Sie verließen die Galerie und traten nach draußen.

John Cook sah sich um. Einige Leute standen in kleinen Gruppen auf dem Platz beisammen.

„Signore Umberto scheint schon gegangen zu sein", sagte der Künstler erstaunt. „Das ist ungewöhnlich. Er wollte noch mit Barbara und mir essen gehen ... Vielleicht haben ihn wichtige Geschäfte gerufen und er kommt später wieder. Aber Sie finden ihn leicht. Er ist jeden Vormittag in seinem kleinen Uhrengeschäft anzutreffen. Es ist ganz nahe beim Dom. Das Geschäft heißt *Il Tempo* – Die Zeit. Signore Umberto sammelt nicht nur Kunst, er hat auch eine große Begeisterung für alte Uhren ...“

„Er scheint ein Mann mit vielen Interessen zu sein“, sagte Lord Huber.

John Cook wurde von der Galeristin gerufen. Er entschuldigte sich und ging in die Galerie zurück.

Lord Huber blieb besorgt auf dem Platz stehen. Er hatte es sofort beim Verlassen der Galerie bemerkt: Herr Jaromir war verschwunden. Auch der deutsche Schriftsteller war nicht mehr zu sehen.

War Herr Jaromir jemandem gefolgt? Hatte er etwas Verdächtiges bemerkt?

„Wo bist du, mein Freund?“, sagte Lord Huber leise.

Dann verließ er den hell beleuchteten Platz. Mit wenigen Schritten verschwand er in der Dunkelheit.

# Achtes Kapitel

*in dem verdächtig geflüstert wird, eine Uhr verstellt wird und Lord Huber Schach spielt*

Als der ältere Mann, der vor der Galerie so intensiv und laut mit zwei jungen Männern geredet hatte, plötzlich einen Anruf bekam und lange flüsternd in sein kleines Telefon sprach, wurde Herr Jaromir neugierig.

Zuerst diese Lautstärke beim Reden und jetzt nur ein verstohlenes Flüstern, in einer Ecke des Platzes?

Das Flüstern erschien Jaromir verdächtig.

Er ging unauffällig näher an die Männer heran.

Der ältere Mann beendete das Telefonat. Er gab den beiden Jüngeren ein Zeichen, dann gingen alle drei los.

Herr Jaromir folgte ihnen, ohne lange nachzudenken.

Er würde Lord Huber spätestens im Hotel wiedersehen.

Die drei Männer gingen mit raschen Schritten durch die Gassen der Altstadt. Sie kamen zum großen Platz vor dem Dom, dann bogen sie plötzlich um die Ecke und waren verschwunden.

Jaromir lief, so schnell er konnte, zur Stelle, an der er sie eben noch gesehen hatte. Die drei Männer waren weg.

Da hörte Jaromir Stimmen.

Sie kamen aus einer Tür ganz in der Nähe.

Jaromir schlich weiter, so leise er nur konnte, dann drückte er sich in eine Mauernische.

Die drei Männer standen in der offenen Tür eines kleinen Geschäfts. Sie hatten kein Licht gemacht. Sie standen im Dunkeln und flüsterten miteinander. Eine vierte Person war dabei, aber Jaromir konnte nicht erkennen, ob es eine Frau oder ein Mann war. Die vierte Person überreichte dem älteren Mann ein kleines Paket.

Als die unbekannte Person aus der Tür kam und wegging, sah Jaromir nur einen langen, dunklen Mantel. Aber er erkannte etwas anderes – die Person, die an ihm vorbeiging, trug eine Tasche. Und Jaromir wusste sofort, wo er so eine Tasche schon einmal gesehen hatte.

Er beschloss, bei den drei Männern zu bleiben.

Im Geschäft leuchtete kurz Licht auf. Jaromir erkannte, dass es sich um ein kleines Uhrengeschäft handelte.

Der ältere Mann machte sich an einer Uhr in der Auslage zu schaffen. Es sah aus, als würde er die Zeiger verstellen.

Dann erlosch das Licht wieder.

Die drei Männer kamen aus dem Geschäft, Herr Jaromir hörte einen Schlüssel klirren. Das Geschäft wurde abgeschlossen. Sogar ein Eisengitter wurde vorgeschoben und versperrt.

Die drei Männer reichten einander die Hand, dann ging der ältere Mann rasch davon, die beiden jüngeren Männer spazierten in die andere Richtung.

Herr Jaromir wartete noch eine Weile, dann machte er sich auf den Weg zum Hotel.

Lord Huber saß auf der Terrasse des Hotels und trank Tee.

„Da sind Sie ja", sagte er erleichtert, als er Jaromir sah. „Ich muss gestehen, lieber Freund, ich war ein wenig beunruhigt, als Sie plötzlich verschwunden waren. Jetzt freue ich mich darauf, den Grund zu hören."

Jaromir war froh, dass Lord Huber auf ihn gewartet hatte.

Auch eine Schüssel mit klarem Wasser stand für ihn bereit.

Und auf einem Teller unter dem Tisch lag eine Wurst, die verheißungsvoll duftete.

„Ich werde sofort berichten", sagte Herr Jaromir. „*Just a moment!*" Er aß und trank erst einmal, um sich zu stärken.

Dann erzählte er von den drei Männern, vom Telefonat und vom Paket, das heimlich abgegeben wurde. Er berichtete von der Tasche, die ihm bekannt vorkam, und von der Uhr, die verstellt worden war.

„Ich muss Sie loben", sagte Lord Huber. „Ihr Instinkt hat Sie nicht getäuscht. Hier ist etwas im Gange. Am meisten beschäftigt mich die verstellte Uhr."

„Die verstellte Uhr? *What do you mean?*" Herr

Jaromir war überrascht. „Ich würde lieber gern wissen, was in dem Paket war!"

„Das war bestimmt etwas Gestohlenes!", überlegte Lord Huber. „Ich nehme an, der fünfte Meisterdieb – oder die Meisterdiebin – hat etwas gebracht. Wir haben jetzt eine Pfeife, ein Buch, einen Nachttopf, eine Geige, Fußballschuhe – und etwas Unbekanntes. Ich bin mir sicher, dass alle diese Dinge berühmten Menschen gehört haben. Vielleicht war das der Auftrag für die Nacht der Diebe – es ging darum, bekannte Dinge von bekannten Menschen zu stehlen! Jetzt, da alles da ist, kann die Nacht der Diebe beginnen."

„Wann? Heute Nacht schon?", fragte Herr Jaromir aufgeregt.

„Heute nicht. Aber bald ", sagte Lord Huber. „Wir brauchen morgen nur einen Blick ins Uhrengeschäft zu werfen, dann werden wir alles wissen."

„Alles?", fragte Jaromir erstaunt.

„Fast alles", sagte Lord Huber. „Und jetzt gehen wir schlafen, damit wir morgen munter sind. Außerdem muss ich noch ein wenig Schach üben."

„Sie wollen Schach üben?" Herr Jaromir konnte es nicht glauben.

„Es gibt hier Leute, die so tun, als würden sie Schach spielen", sagte Lord Huber. „Es wird Zeit, dass ich Schachmatt sage."

Am nächsten Morgen saßen Lord Huber und Herr Jaromir schon zeitig beim Frühstück.

Lord Huber hatte zu Jaromirs Überraschung am Abend ein Buch über Schach aus seinem Rucksack gezogen und hatte lange darin gelesen.

Dann war er zu Bett gegangen. Jaromir hatte unruhig geschlafen. Er spürte, dass die Nacht der Diebe unmittelbar bevorstand.

Auch beim Frühstück gingen ihm viele Fragen durch den Kopf.

Was wusste Lord Huber bereits? Wie würden sie die Diebe überführen können? Wo war die Beute der Diebe versteckt?

Herr Bertram kam kurz vorbei, um sie zu begrüßen.

Ob er bei der Ausstellung in der Galerie ein Bild gekauft habe, wollte er von Lord Huber wissen.

Lord Huber schüttelte den Kopf. „Ich überlege noch“, sagte er freundlich.

Auch der Künstler selbst, John Cook, kam an den Tisch, um ihnen einen schönen Tag zu wünschen.

Die Schachspieler in ihren roten T-Shirts saßen bereits an ihren langen Tischen am Strand, als Jaromir und Lord Huber vor das Hotel traten.

Sonnenschirme waren aufgespannt, so dass die Spieler und Spielerinnen im Schatten saßen.

Man hatte die Tische und Stühle einfach in den Sand gestellt, viele Spielerinnen und Spieler saßen mit kurzen Hosen und barfuß beim Spiel.

Neben ihnen lehnten ihre Taschen, aus denen sie ihre Schachfiguren und Schachbretter geholt hatten.

Jaromir schaute zum nahen Café an der Promenade.

Der Mann im Rollstuhl saß – mit der Mütze ins Gesicht gezogen und in seine Decke eingewickelt – an seinem Platz, so wie jeden Tag, und beobachtete die Spieler.

Eine Frau und ein Mann saßen an einem kleinen Tisch, etwas abseits, und starrten auf ihr Schachbrett.

Alle Figuren standen bereits auf dem Feld, das Spiel hatte noch nicht begonnen.

Lord Huber ging mit schwungvollen Schritten zum Tisch der beiden und sagte laut: „E4F5H5. Das wäre mein Vorschlag!"

„Wie bitte?", fragte die Frau auf Deutsch.

„E4F5H5", sagte Lord Huber noch lauter. „Wissen Sie, in meinem Schachklub, da spielen wir immer ..."

„Jetzt stören Sie uns doch nicht", sagte der Mann am Tisch verärgert. „Wir wollen hier konzentriert Schach spielen. Bitte gehen Sie weiter. Sie sind hier unerwünscht. Wir brauchen keine Ratschläge."

Lord Huber seufzte. „Na, Sie sind aber unfreundlich. Ich dachte ja nur, so unter Schach-Kollegen ..."

Er ging schimpfend weiter.

Herr Jaromir hatte sich während des kurzen Gesprächs unter dem Tisch der beiden Schachspieler umgesehen und hatte an ihren Taschen geschnuppert.

Sie gingen nebeneinander über den Strand.

„Leer“, sagte Jaromir.

Lord Huber nickte.

„Der Fall ist so gut wie gelöst. Und jetzt möchte ich gerne wissen, wie spät es ist.“

# Neuntes Kapitel

*in dem eine Uhr mit Charakter vorkommt,*
*eine Einladung ausgesprochen wird*
*und Lord Huber ein Missgeschick passiert*

Jaromir führte Lord Huber zum kleinen Uhrengeschäft beim Dom.

*Il Tempo* stand auf einem kleinen Schild über dem Geschäft. Hinter der Auslage erkannte Jaromir sofort den älteren Mann, dem er am Abend gefolgt war.

Lord Huber betrat das Geschäft, Herr Jaromir blieb draußen, um sich die Auslage genau anzusehen.

„*Buon giorno!* Guten Tag“, sagte Lord Huber freundlich, als er im Geschäft stand.

„Oh! Guten Morgen!“, sagte der Mann auf Deutsch. „Sie müssen der Kunsthändler sein! Barbara und John haben mir von Ihnen erzählt! Ein eleganter Herr mit Stock! Die Beschreibung passt perfekt.“

„Sie sprechen meine Sprache, das ist sehr erfreulich“, sagte Lord Huber. „John hat mir von Ihrer Sammlerleidenschaft erzählt. Kunst und Uhren – da wurde ich neugierig. Woher können Sie so gut Deutsch? “

„Ich habe mit vielen Freunden in Europa zu tun“, sagte der Mann, der sich als Umberto Rotti vorstellte. „Da lernt man die eine oder andere Sprache. Das ist sehr hilfreich.“

Lord Huber blickte sich um.

„Sie haben hier viele wunderschöne Uhren. Mein Kompliment.“

Signore Umberto schien aufzublühen.

„Darf ich Ihnen einige Stücke zeigen?“

Ohne auf die Antwort zu warten, holte er eine alte Uhr nach der anderen aus der Vitrine und erzählte Lord Huber wortreich viele Geschichten dazu. Jede Uhr – so schien es – war etwas Besonderes und so einzigartig, dass sie so gut wie unverkäuflich war.

Lord Huber hörte geduldig zu.

Schließlich deutete er auf eine Uhr in der Auslage.

„Ist diese schöne alte Uhr kaputt? Mir ist aufgefallen, dass sie eine ganz andere Zeit anzeigt als die anderen Uhren.“

Signore Umberto lachte laut auf.

„Diese Uhr hat Charakter. Sie macht, was sie will. Sie zeigt jeden Tag eine andere Zeit an. Ich werde sie nie verkaufen. Ich habe sie ins Herz geschlossen. Warum sollte ich sie weggeben? Sie zeigt ihre eigene Zeit an. Ist das nicht irgendwie ... rührend?“

„Eine Uhr mit Charakter. Das gefällt mir“, sagte Lord Huber. „Ich könnte sie wohl auch nicht weggeben.“

Er ging überrascht auf einen hohen, goldenen Behälter zu, der in der Ecke des Geschäfts stand.

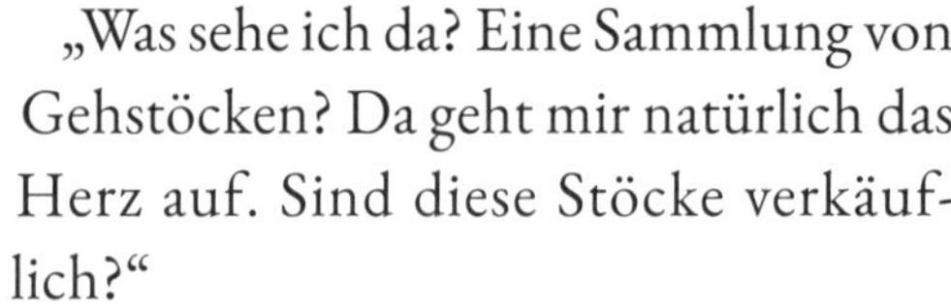

„Was sehe ich da? Eine Sammlung von Gehstöcken? Da geht mir natürlich das Herz auf. Sind diese Stöcke verkäuflich?“

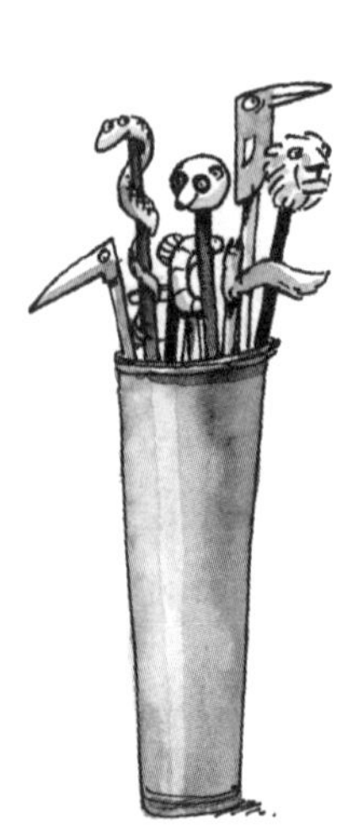

Lord Huber nahm einige der Stöcke in die Hand und bewunderte ihre kunstvoll verzierten Köpfe. Ein Stock war mit einem goldenen Löwenkopf geschmückt, ein anderer mit einer silbernen Schlange, die sich um den Griff wand.

„Ich fürchte, nein“, sagte Signore Umberto. „Jeder Stock hat eine persönliche

Geschichte. Ich kann mich schwer von ihnen trennen. Ich habe sie einfach gern bei mir im Geschäft. Es ist so, als hätte ich Besuch. "

Lord Huber nickte zustimmend. „Ich verstehe!"

Er drehte sich um und blieb dabei mit seinem Rucksack an einem der Stöcke hängen. Krachend fiel der Behälter mit den Stöcken zu Boden.

„Ich bitte vielmals um Entschuldigung", sagte Lord Huber erschrocken. Er stellte seinen Rucksack ab und bückte sich, um alle Stöcke wieder einzusammeln. Signore Umberto half ihm dabei. Ein Stock war quer durch den Raum gerollt.

„Verzeihen Sie meine Ungeschicklichkeit", sagte Lord Huber, als der Behälter mitsamt allen Stöcken wieder an seinem Platz war.

Er räusperte sich. „John Cook, der Maler, hat mir erzählt, dass Sie auch Kunst sammeln. Stellen Sie Ihre Sammlung manchmal aus?"

„Oh, gut dass Sie mich darauf ansprechen! So ein Zufall! Gerade heute am Abend – um 19.00 Uhr – mache ich eine kleine Ausstellung mit ausgewählten Werken aus meiner Sammlung. Sie sind herzlich eingeladen!"

Lord Huber schien verlegen zu sein.

„Das ist eine große Ehre", sagte er leise. „Wo darf ich hinkommen?"

„Hotel Sarastro“, sagte Signore Umberto. „Das ist zwei Gassen hinter dem Hotel Delfino. Leicht zu finden. Es ist das alte, aufgelassene Hotel meines Großvaters. Bei ihm hat es noch anders geheißen. Ich nenne es Hotel Sarastro. Ich möchte es in den nächsten Monaten renovieren und bald wieder im alten Glanz erstrahlen lassen.“

„Sarastro“, murmelte Lord Huber. „Der Name hat doch mit Mozart zu tun, wenn ich nicht irre ...“

„Natürlich. Sarastro ist ein weiser Mann. Eine Schlüsselfigur aus Mozarts Oper *Die Zauberflöte*. Ich liebe Mozart. Der Name für das Hotel war übrigens eine Idee von Barbara. Auch sie ist ganz verrückt nach Mozart. So wie ihr Mann, Alfredo, der heute auch dabei sein wird. Alfredo ist ein alter Freund von mir.“

„Ich freue mich darauf, ihn kennenzulernen“, sagte Lord Huber. „Ist er auch ein Kunstkenner, so wie Sie?“

„Oh, ja. Alfredo hat im Lauf der Jahre eine beachtliche Sammlung von alten Gemälden aufgebaut. Er ist ein reicher Mann und unterstützt Barbara, so gut er kann. Er besitzt mehrere Hotels in Venedig. Er verbringt viel Zeit dort und kommt nur gelegentlich nach Caorle. Barbara sind in Venedig zu viele Leute, sie liebt unser kleines Städtchen. Sie lebt lieber hier. So wie ich. Ich bin hier geboren. Nach vielen Jahren in Rom und in anderen Städten bin ich hierher zurückgekehrt …“

„Um sich schönen Uhren und der Kunst zu widmen“, fügte Lord Huber freundlich hinzu. „Sie müssen ein glücklicher Mann sein.“

„Das bin ich. Ja, das bin ich“, sagte Signore Umberto. Er nahm Lord Huber beim Arm. „Die Ausstellung heute Abend wird ihnen gefallen. Sie findet im Keller statt, im alten, leeren Swimmingpool, den mein Großvater sich hat bauen lassen. Er vertrug kein Salzwasser und wollte seinen eigenen Pool. Ich habe ihn trockengelegt und habe die Seitenwände weiß gestrichen. So ist dort eine kleine, feine Galerie entstanden. Zwei Treppen führen hinunter ins Schwimmbecken. Ich nenne sie *Pool Art Gallery.*“

„Eine Galerie im Schwimmbecken. Das klingt spannend“, sagte Lord Huber. „Da komme ich gerne. Ich danke Ihnen für die Einladung – und für den faszinierenden Einblick in die Welt der Zahnräder und Zeiger!“ Er deutete auf die Uhren ringsum.

„Wir sehen einander um 19.00 Uhr!“, sagte Signore Umberto und schüttelte Lord Huber kraftvoll die Hand.

„Die Show beginnt“, sagte Lord Huber vor dem Geschäft zu Herrn Jaromir. Sie spazierten über den

Platz vor dem Dom. „Was ist Ihnen an der Uhr in der Auslage aufgefallen?“

„Die Uhr zeigt genau 23.00 Uhr an“, sagte Herr Jaromir. „Und das heutige Datum.“

„Dann wissen wir, was zu tun ist. Haben Sie an der Uhr noch etwas bemerkt?“

Jaromir nickte. „Ja. Der große Zeiger hat die Form einer goldenen Flöte.“

Lord Huber atmete tief durch.

„Die Teile fügen sich zusammen“, sagte er zufrieden. „Ich denke, diese Flöte ist eine Zauberflöte. Und ich kenne ein Hotel, das mit Mozart zu tun hat. Ich bin davon überzeugt, dass die Nacht der Diebe heute stattfindet. Die Uhr zeigt den Ort und die Zeit an. Und davor gibt es noch ein kluges Ablenkungsmanöver – eine kleine, harmlose Ausstellung.“

Er blieb stehen. „Wir müssen uns einen guten Plan zurechtlegen. Alles muss funktionieren. Und jetzt, mein Freund, bitte ich Sie, kurz zu warten. Ich muss noch einmal ins Uhrengeschäft. Ich habe dort etwas vergessen ...“

# Zehntes Kapitel

*in dem Herr Jaromir in geheimer Mission unterwegs ist, Schuhe mit goldenen Wappen sieht und plötzlich hinter verschlossenen Türen sitzt*

Herr Jaromir war nervös. Lord Huber hatte ihm von der Galerie im aufgelassenen Schwimmbecken und vom Hotel erzählt. Hatte die Ausstellung etwas mit den Meisterdieben zu tun? Aber wenn ihr Verdacht mit der falsch gestellten Uhr stimmen sollte, müsste die Nacht der Diebe dann nicht erst um 23.00 Uhr beginnen?

Die Ausstellungseröffnung war schon für 19.00 Uhr vorgesehen.

Und weshalb hatte Signore Umberto Lord Huber eingeladen? Würden auch andere Gäste kommen?

Noch etwas beschäftigte Jaromir: Was hatte Lord Huber im Geschäft von Signore Umberto vergessen?

Lord Huber war kurz zurückgegangen und gleich wieder gekommen. Er hatte kein Wort über den Zwischenfall verloren, und Jaromir wollte nicht zu neugierig sein.

Es war sehr ungewöhnlich, dass Lord Huber etwas vergaß ...

„Wir haben noch einige Stunden Zeit bis zur Ausstellungseröffnung", sagte Lord Huber zu Herrn Jaromir. Sie waren in ihrem Hotelzimmer. Lord Huber spielte nachdenklich mit seinem Stock.

„Wir sollten diese Zeit nutzen und aktiv werden. Wir brauchen einen Vorsprung."

Er räusperte sich und wandte sich an Jaromir.

„Mein lieber Freund, wären Sie bereit für eine geheime Mission, die nicht ganz ungefährlich ist?"

Ein kurzes, zustimmendes Bellen war die Antwort.

Jaromir sah Lord Huber neugierig an.

„Also gut", sagte Lord Huber. „Hier ist mein Plan."

Er flüsterte Herrn Jaromir minutenlang etwas ins Ohr. Kaum hatte Lord Huber geendet, lief Herr Jaromir auch schon zur geschlossenen Zimmertür. Es konnte losgehen!

Lord Huber öffnete langsam die Tür.

„Viel Glück, mein Freund!", sagte er besorgt.

Aber Jaromir war schon unterwegs.

Das Haus, von dem Lord Huber gesprochen hatte, war leicht zu finden. Lord Huber hatte es genau beschrieben. Das musste es sein, da gab es keinen Zweifel.

Die breite Eingangstür war verschlossen.

Herr Jaromir lief einmal um das Gebäude herum. Es musste doch noch irgendwo einen zweiten Eingang geben!

Auch die Tür an der Hinterseite des Gebäudes war versperrt.

Da zwängte sich unweit von Jaromir eine kleine weiße Katze durch einen Spalt neben einer alten kleinen Holztür ins Freie. Als sie Jaromir sah, war sie mit wenigen raschen Sprüngen verschwunden.

„Ich danke für den Hinweis!“, murmelte Jaromir und untersuchte den Spalt. Ob er ins Innere des Hauses führte?

War der Spalt breit genug für ihn?

Er versuchte es. Es dauerte lange, bis er endlich durch den Spalt hindurchgerutscht war.

Er saß im Inneren eines kleinen Abstellraumes. Fahrräder waren zu sehen, ein Rasenmäher stand mitten im Raum. Eine schwere Eisentür führte noch weiter ins Haus. Sie war nur angelehnt.

Jaromir zögerte kurz, dann zwängte er sich durch die offene Tür.

Er schien in einem Keller zu sein. Er sah ein breites Treppenhaus und viele Türen. Zum Glück standen die meisten Türen offen. Und es war kein Mensch weit und breit zu sehen.

Jaromir lief durch einige Räume und blieb plötzlich erstaunt stehen. Damit hatte er nicht gerechnet! So einen ungewöhnlichen Raum hatte er noch nie gesehen! Und überall gab es bemerkenswerte Überraschungen, wie er bei seinem Rundgang merkte.

Jaromir sah sich alles genau an und prägte sich jedes Detail gut ein.

Dann lief er – so leise er konnte – das Treppenhaus hinauf. Zum Glück waren es niedrige Stufen, die mit seinen kurzen Beinen gut zu bewältigen waren.

Anstrengend war es trotzdem.

In jedem Stockwerk sah sich Jaromir um. Noch mehr Türen, noch mehr Räume!

In einem Stock waren alle Türen offen.

Jaromir lauschte in alle Richtungen, dann ging er auf eine der Türen zu.

Als er plötzlich Stimmen in der Nähe hörte, huschte er – ohne lange nachzudenken – in ein offenes Zimmer hinein und versteckte sich unter dem breiten Bett, das mitten im Raum stand.

„*Siamo pronti!*“, sagte eine Stimme, die Jaromir bekannt vorkam. Jemand war vor der Tür stehen geblieben.

„*Va bene!*“, sagte eine andere Stimme. Sie kam direkt aus dem Zimmer, in das Jaromir geflüchtet war.

Jemand musste auf dem Bett sitzen, unter dem Jaromir sich auf den Boden duckte. Gut, dass ihn niemand bemerkt hatte!

„*Andiamo*", sagte die Stimme im Zimmer, dann sah Jaromir schwarze Schuhe, die zur offenen Tür gingen.

Auf den Schuhen waren kleine goldene Wappen zu sehen.

Zum Glück wurde die Tür nicht geschlossen. Sie blieb offen. Die Schritte entfernten sich.

Jaromir kroch vorsichtig unter dem Bett hervor und sah sich um. Noch ein Raum voller Überraschungen!

Jaromir blieb lange im Zimmer.

Dann besichtigte er noch die anderen Räume im Stockwerk. Auch sie versetzten ihn in Erstaunen.

„Jetzt wird mir einiges klar!", sagte er halblaut zu sich. „Das sind ja unglaubliche Entdeckungen! Lord Huber wird sich freuen!"

Gerade als er sich aufmerksam im letzten Zimmer auf dem Gang umsah, hörte er Schritte.

Dann wurde die Tür zum Zimmer von außen abgeschlossen. Auch die anderen Türen im Stockwerk wurden versperrt. Jaromir konnte es deutlich hören.

Er hielt den Atem an. War er entdeckt worden?

Er wartete.

Es sah nicht so aus. Es waren keine Schritte mehr zu hören.

Jemand hatte alle Zimmer versperrt und war gegangen.

Herr Jaromir war eingeschlossen.

Wie sollte er jetzt Lord Huber benachrichtigen?

Aufgeregt lief Jaromir im Zimmer auf und ab.

Die Zeit wurde knapp. Er musste einen Weg finden, um das Zimmer so rasch wie möglich zu verlassen.

Er musste nachdenken. Was könnte er tun?

Herr Jaromir schaute zum Fenster. Es gab nur eine Lösung.

Er musste auf das Fensterbrett steigen und dort gegen den schweren Hebel drücken, dann würde das Fenster vielleicht aufgehen.

Und dann? Sollte er einfach springen? In welchem Stock war er überhaupt? Er wusste es nicht mehr. Das Haus mit den vielen Türen hatte ihn verwirrt.

Unter dem Bett hatte Jaromir einen alten, leeren Koffer gesehen. Er verschloss ihn und schob ihn vor den Stuhl beim Fenster.

Mit einem beherzten Sprung schaffte er es auf den Koffer.

Dann kletterte er auf den Stuhl und vom Stuhl aufs Fensterbrett.

Mit ganzer Kraft drückte er sich gegen den Hebel beim Fensterrahmen.

Der Rahmen gab ein quietschendes Geräusch von sich, dann drehte sich das geschlossene Fenster ein wenig nach außen.

Ein Klicken war zu hören, und das Fenster bewegte sich nicht mehr.

„Man kann es nur ein wenig nach außen drehen, aber es lässt sich nicht ganz öffnen“, sagte Jaromir laut zu sich selbst. „Ich muss es also durch diese schmale Öffnung nach draußen schaffen.“

Er beugte sich vor und blinzelte nach unten.

War das hoch! Nicht so hoch, wie er befürchtet hatte, aber es war immer noch hoch genug! War es der zweite oder der erste Stock? Gefährlich war es auf alle Fälle. Er durfte sich beim Sprung auf keinen Fall verletzen.

Jaromir überlegte.

Wenn er wirklich springen wollte, dann war eine weiche Landung wichtig! Überlebenswichtig!

Er blickte zum Bett. Da lagen drei dicke Decken. Jemand in diesem Haus schien weiche Decken zu lieben.

Jaromir kletterte vom Fensterbrett.

Er musste sich beeilen. Geschäftig zog er eine Decke nach der anderen auf den Stuhl beim Fensterbett. Sie waren schwer, aber er schaffte es.

Er nahm wieder auf dem Fensterbrett Platz und schaute angestrengt durch die Fensteröffnung nach unten. Unter dem Fenster war ein Blumenbeet mit weicher Erde. Das musste der Landeplatz sein.

Jaromir zog eine Decke zu sich, schaute kurz nach unten – dann ließ er die Decke durch die Fensteröffnung fallen. Sie landete im Beet.

„Tut mir leid, liebe Blumen“, sagte Jaromir, dann schnappte er sich auch die anderen Decken und ließ sie fallen.

Er sah mit Herzklopfen nach unten.

Es sah aus, als wäre plötzlich Schnee gefallen. Das schwarze Blumenbeet neben der Hausmauer war mit einem Mal weiß geworden.

„Jetzt bin ich dran!“, sagte Jaromir leise. *„Have a good trip!“*

Er rutschte ein wenig vom Fensterbrett nach vorne und dann – ohne lange nachzudenken – ließ er sich fallen!

Es war wie ein kurzer Wirbel im Kopf, ein Rauschen in den Ohren, ein Drehen und Sausen – und plötzlich lag Jaromir in den Decken. Er war gut und weich gelandet.

Er bewegte sich eine Weile nicht. Er hörte zu, wie laut sein Herz klopfte.

Dann bewegte er langsam ein Bein, dann das andere ... Es war alles gut gegangen. Es war ihm nichts passiert.

Herr Jaromir bellte, laut und stolz, dann sprang er aus dem weißen Schnee und sauste davon.

# Elftes Kapitel

*in dem ein Schwimmbecken besucht wird, einige Überraschungsgäste auftauchen und alle Verdächtigen in einem Raum sind*

Herr Jaromir traf Lord Huber gerade noch rechtzeitig im Hotel Delfino.

Er berichtete ausführlich von seinen Entdeckungen.

Lord Huber seufzte tief, als Jaromir von seinem Sprung aus dem Fenster erzählte.

„Mein lieber Freund", sagte Lord Huber anerkennend. „Sie haben sich in Lebensgefahr begeben, um diesen Fall zu lösen. Sie haben ihn gelöst, aber es hätte schlimm ausgehen können. Ich kann Ihnen gar nicht sagen, wie glücklich ich bin, dass Sie wohlbehalten zurückgekommen sind. Ihre Beobachtungen sind äußerst wertvoll. Ich danke Ihnen! Und jetzt müssen wir zur Ausstellungseröffnung. Es wird Zeit!"

Der Weg war nicht weit. Es war nur ein kleiner Spaziergang, dann standen sie vor einem alten, grüngestrichenen Haus, über dessen Eingangstür eine goldene Flöte an die Wand gemalt war.

Daneben war in gelben Leuchtbuchstaben *Hotel Sarastro* zu lesen.

Sie betraten das Hotel. Die Empfangshalle sah wie eine Baustelle aus. Alle Tische und Sessel waren mit weißen Tüchern verdeckt, mitten im Raum stand eine Tafel. *Pool Art Gallery* war darauf zu lesen, ein Pfeil wies zu einer Treppe, die neben der Aufzugstür nach unten führte.

„Dürfte ich Sie bitten, bei der Eingangstür zu bleiben, wenn wir beim Schwimmbecken sind?“, sagte Lord Huber zu Herrn Jaromir, während sie die Treppen hinunterstiegen.

„Es wäre gut, alle Gäste von oben im Blick zu haben. Ich werde in den Pool steigen, um mir die Ausstellung anzusehen.“

„*No problem*“, knurrte Herr Jaromir.

Lord Huber blieb kurz stehen.

„In einer Stunde wird es ein paar Überraschungen geben. Seien Sie darauf vorbereitet. Ich weiß, dass ich mich auf Sie verlassen kann. Denken Sie – im gegebenen Augenblick – an Mozart! “

Als sie im Keller ankamen, standen sie in einem großen, langen Raum, der hell ausgeleuchtet war. In jeder

Ecke sah man eine kleine Statue. Fast über den ganzen Raum erstreckte sich ein tiefer, leerer Swimmingpool, zu dem auf zwei Seiten breite Eisentreppen hinunterführten. Der Boden des Schwimmbeckens war blau, die Seitenwände hatte man weiß gestrichen. Auf den Seitenwänden hingen – schön gerahmt – Zeichnungen und gemalte Bilder.

„Ein ungewöhnlicher Ausstellungsraum", sagte Lord Huber. „Ob die Kunst, die hier ausgestellt wird, auch so ungewöhnlich ist – das muss ich mir erst anschauen."

Herr Jaromir machte es sich neben der Tür unter einem alten Holzstuhl gemütlich. Von hier aus hatte er einen guten Überblick über das Geschehen im leeren Schwimmbecken.

Lord Huber stieg über eine der Eisentreppen in das Schwimmbecken hinunter.

Sofort wurde er von Signore Umberto und von Barbara von Schönthan begrüßt, die in der Mitte des Swimmingpools mit einigen Gästen standen. Alle waren elegant und festlich gekleidet.

Lord Huber – mit seiner alten Jacke, seinem Stock und dem Rucksack auf dem Rücken – wirkte wie ein Wanderer, der sich zufällig in die Galerie verirrt hatte.

Herr Jaromir staunte, wer alles zur Eröffnung der Ausstellung gekommen war. Er versuchte, sich jedes Gesicht einzuprägen. Er entdeckte Herrn Bertram, den Schriftsteller, und John Cook, den Maler. Auch die italienischen Männer, die wie Brüder aussahen, waren da.

Eine Frau und ein Mann vom Schachverein aus dem Hotel waren gekommen, sie trugen immer noch ihre roten T-Shirts, auf denen ein Schachbrett abgebildet war.

Jaromir erkannte sie sofort. Es waren die beiden, die Lord Huber angesprochen hatte.

Sogar der Mann im Rollstuhl vom Café neben dem Strand war da, in seine Decke eingewickelt, mit seiner Mütze auf dem Kopf. Wer hatte ihn eingeladen? Signore Umberto? Wie war er die Treppen hinuntergekommen, die in den Pool führten?

Jaromir fiel eine junge Frau mit kurzen blonden Haaren auf, die er noch nie gesehen hatte. Sie unterhielt sich angeregt mit Barbara von Schönthan, der Galeristin. Konnte das vielleicht ihre Tochter sein?

Jaromir schaute genauer hin. Nein, dazu sprachen sie zu förmlich miteinander. Es musste eine Bekannte der Galeristin sein. Sie stellte die Frau mehreren Leuten vor, auch Lord Huber.

In einer Ecke des Schwimmbeckens stand ein älterer

Mann in einem dunklen Anzug. Er betrachtete lange eines der Bilder. Herr Jaromir kannte den Zeichenstil. Es war eine Kohlezeichnung von John Cook. Es hingen mehrere Bilder von ihm an den Seitenwänden des Pools. Das Bild, das der Mann bewunderte, zeigte ein berühmtes Gebäude in Rom, das Pantheon. Herr Jaromir hatte es einmal mit Lord Huber besucht. Das Pantheon hat eine große Öffnung in der Decke, durch die man den Himmel sehen kann. Es kann vorkommen, dass es ins Gebäude hinein regnet oder schneit.

Jaromir konnte sich gut an einen magischen Moment erinnern, als plötzlich Schneeflocken vom Himmel herab durch den offenen Raum schwebten ...

Barbara, die Galeristin, ging auf den älteren Mann zu und gab ihm einen Kuss auf die Wange. Das musste ihr Mann sein. Auch ihn hatte Jaromir noch nie gesehen.

Inzwischen war noch ein Gast gekommen, Signore Roberto, der Besitzer des Hotels Delfino.

Er diskutierte lebhaft mit dem Maler John Cook.

Signore Umberto klatschte plötzlich dreimal laut in die Hände.

„*Benvenuto*, herzlich willkommen, *welcome*!“, rief er laut.

Er hielt eine kleine Ansprache auf Italienisch, Deutsch und Englisch. Soviel Herr Jaromir verstand, freute er sich über den Besuch der internationalen Gäste in seiner kleinen, bescheidenen *Pool Art Gallery*.

Er sammle vor allem junge, unbekannte Künstler, die jede Form von Unterstützung brauchen würden.

Dann verwies er noch auf die Ausstellung seiner guten Freundin Barbara in der Altstadt. Er begrüßte ihren geschätzten Ehemann, Alfredo, der ein Schulfreund von ihm sei. Der ältere Mann im dunklen Anzug winkte ihm zu, er fühlte sich sichtlich geschmeichelt.

Auch der anwesende John Cook und einige andere junge Künstlerinnen und Künstler wurden vorgestellt.

Leider müsse die Galerie um 22.00 Uhr schon wieder schließen, fügte Signore Umberto dann hinzu. Ein Geschäftsmann aus Venedig erwarte ihn noch in dieser Nacht. Es gehe um eine kostbare Uhr, die verkauft werden solle – und diese Chance könne er sich nicht entgehen lassen. Der Geschäftsmann müsse morgen schon abreisen, daher diese Eile ... Er bitte um Verständnis.

Signore Umberto entschuldigte sich noch wortreich, dann ging er in die eine Ecke des Pools, wo ein langer Tisch stand, der mit einem weißen Tuch zugedeckt war.

Mit einer Bewegung zog Signore Umberto das Tuch vom Tisch, ein staunendes „Ah!“ war zu hören.

Auf dem Tisch war ein Buffet mit Schinken, Käse,

Oliven und Brot vorbereitet; Wein, Wasserflaschen und Gläser standen bereit.

„*Salute!* Prost und guten Appetit!“, rief Signore Umberto.

Die Gäste applaudierten und bewegten sich Richtung Tisch.

Es wurde gegessen und getrunken, gelacht und geplaudert, da und dort standen kleine Gruppen vor einzelnen Bildern und diskutierten.

Herr Jaromir war eine Runde um den Swimmingpool herum gelaufen. Er hatte sich sehr genau die Schuhe aller anwesenden Gäste im Pool angesehen und Lord Huber dann ein Zeichen gegeben.

Jetzt war er müde. Er schloss die Augen.

Hatte Lord Huber nicht von einer Überraschung gesprochen, die noch kommen sollte?

In diesem Augenblick wurde die Tür zum Stiegenhaus aufgerissen und viele Uniformierte strömten in den Raum.

Es waren italienische *Carabinieri,* Polizisten, die sich nun rund um den Pool aufstellten. Es mussten an die zwanzig Polizisten sein. Auch mehrere Polizistinnen waren darunter. Angeführt wurden sie von einem älteren Mann mit kurzen weißen Haaren. Auch er war in Uniform.

„Entschuldigen Sie die Störung!“, rief der Mann laut. Er hielt ein Blatt Papier in der Hand. „Ich bin Commissario Luigi Boletti. Ich leite das Polizeikommissariat von Caorle. Einige von Ihnen kennen mich. Das hier in meiner Hand ist ein Durchsuchungsbefehl, unterzeichnet von der Staatsanwaltschaft in Venedig, die für uns zuständig ist. Bitte bewahren Sie Ruhe.“

Er schaute aufmerksam in die erstaunte Runde.

„Ich führe diese Untersuchung auf Deutsch, weil ich weiß, dass alle hier im Raum gut Deutsch sprechen. Ist es nicht so, Signore Umberto? “

Der Angesprochene wollte wütend eine der Eisentreppen hochsteigen, um aus dem Schwimmbecken zu gelangen, aber ein Polizist hinderte ihn daran.

„Es ist mir egal, in welcher Sprache Sie sprechen, Boletti! Was erlauben Sie sich, hier einfach reinzuplatzen und meine Ausstellung zu stören! Dafür gibt es doch überhaupt keinen Grund! Sehen Sie sich doch um! Das sind Werke junger Künstler. Ich habe alle Bilder ordnungsgemäß gekauft. Hier hängen keine Bilder, die Millionen wert sind. Was wollen Sie hier finden? Ich fürchte, Sie machen sich lächerlich! Da muss Ihnen jemand einen schönen Floh ins Ohr gesetzt haben.“

„Oh, das glaube ich nicht“, sagte der Commissario. „Darf ich Ihnen Lord Huber vorstellen? Und seinen

Assistenten Herrn Jaromir? Beide sind verdeckte Ermittler, und ich würde sagen, sie gehören zu den Besten ihres Fachs. "

Er deutete auf Lord Huber und auf Herrn Jaromir, der längst unter seinem Stuhl hervorgekommen war.

Lord Huber stieg aus dem Pool und stellte sich neben den Commissario und neben Jaromir.

„Lord Huber wird Ihnen jetzt – Punkt für Punkt – erklären, warum diese kleine, feine Ausstellung und diese illustre Runde so interessant für uns sind", sagte der Commissario. Er wandte sich an Lord Huber.

„Sind alle Verdächtigen im Raum?"

Lord Huber ließ seinen Blick langsam über die Gäste der Ausstellung schweifen. Dann nickte er.

„Ja, das sind sie. Es sind alle da. Wir können anfangen."

## Zwölftes Kapitel

*in dem Lord Huber einige Gäste vorstellt,*
*ein alter Bekannter auftaucht*
*und Herr Jaromir zaubert*

Lord Huber nahm seinen Rucksack ab und stellte ihn vor sich auf den Boden.

„Erlauben Sie mir, dass ich auch auf Deutsch spreche“, sagte er freundlich. „Das macht es für mich einfacher. Und ich weiß, dass mich alle Anwesenden verstehen. Warum weiß ich das? Herr Bertram und Frau von Schönthan stammen aus Deutschland, Signore Roberto vom Hotel Delfino, Signore Umberto und Mister Cook können mehrere Sprachen, so wie auch der geschätzte Commissario, Signore Boletti. Ich konnte heute auch zufällig ein kurzes Gespräch zwischen Frau von Schönthan und ihrem Ehemann, Signore Alfredo, mitanhören – sie haben die Unterhaltung auf Deutsch geführt. Auch Signore Alfredo versteht also jedes Wort. Kommen wir zu den beiden Herren da drüben, die einander so wunderbar ähnlich schauen. Es handelt sich dabei um die Brüder Mauro und Maurizio Bassoni, die der internationalen Polizei seit vielen Jahren gut bekannt sind. Man kennt sie unter dem Namen *I Fratelli*, die Brüder. Beide haben jahrelang in Deutschland gelebt, wie ich ihren Akten entnehmen konnte."

„Was reden Sie da!", rief einer der beiden wütend. „Es gibt keine Akten über uns. Wir sind unbescholtene Bürger. Wir sind gelernte Kellner und arbeiten in Restaurants auf der ganzen Welt. Warum sollte es über uns Akten geben?"

„Dazu kommen wir noch", sagte Lord Huber. „Reden wir davor noch ein wenig über Schach."

Er deutete mit seinem Stock auf die Frau und den Mann aus dem Schachklub.

„Obwohl alle Mitglieder des Schachklubs, die im Hotel Delfino wohnen, Englisch miteinander sprechen, sah ich bei diesem Paar jeden Tag auch eine deutsche Zeitung auf dem Frühstückstisch liegen. Also habe ich Sie auf Deutsch angesprochen."

„Sie haben uns beim Schachspielen gestört. Das ist eine Frechheit", rief die Frau. „Und jetzt halten Sie uns hier fest! Das wird Folgen haben!"

„Oh ja“, sagte Lord Huber. „Dieser Abend hier wird Folgen haben. Da gebe ich Ihnen recht. Aber wenden wir uns zunächst noch einem Gast zu, der still unter uns weilt.“

Er zeigte mit seinem Stock auf den Mann im Rollstuhl.

„Lieber Herr, darf ich Ihnen eine Frage stellen? Verstehen Sie die deutsche Sprache?“

„Natürlich“, sagte der Mann mit lauter, fester Stimme.

Herr Jaromir war so erstaunt, dass er dreimal bellen musste.

„Sie haben recht, Herr Jaromir“, sagte Lord Huber. „Wir haben es hier mit einem alten Bekannten zu tun.“

Der Mann im Rollstuhl stand plötzlich auf. Er warf die Decke von sich und nahm die Mütze ab.

„Darf ich vorstellen?“, sagte Lord Huber. „Unser werter Freund und Kollege Ferdinand, ein Mann, dessen Fähigkeiten beim *Scotland Yard* sehr geschätzt werden. Er hat die beiden Brüder Mauro und Maurizio seit Monaten beobachtet. Er ist ihnen durch mehrere Städte gefolgt, bis nach Caorle – und er war auch anderen Leuten auf der Spur.“

„Wir waren so freundlich, Sie und ihren Rollstuhl die Treppen hinunterzutragen, bis zur Ausstellung“, sagte einer der Brüder und wandte sich direkt an

Ferdinand. „Und jetzt wollen Sie uns beschuldigen?“

„Das wird sich zeigen“, unterbrach sie Lord Huber.

Die blonde Frau mit den kurzen Haaren hob eine Hand.

„Ich fehle noch in der Runde. Dürfte ich mich selbst vorstellen?“, fragte sie mit heller Stimme.

„Aber selbstverständlich“, sagte Lord Huber. „Ich bitte darum.“

„Mein Name ist Livia Ferrara. Ich gehöre zu einer Spezialeinheit der italienischen Polizei. Ich bin auf Kunstdiebstahl spezialisiert. Der Commissario kennt mich gut. Wir haben schon mehrfach zusammengearbeitet.“

„Was? Sie sind von der Polizei?“ Barbara von Schönthan war empört. „Mir haben Sie erzählt, sie würden sich für die Bilder in meiner Ausstellung interessieren.“

„Das tue ich auch“, sagte die Frau. „Mein Interesse ist sogar noch größer geworden.“

Lord Huber klopfte mit seinem Stock dreimal energisch auf den Boden.

„Jetzt, da Sie unsere Überraschungsgäste kennengelernt haben, sollten wir zum Wichtigsten kommen – zur Aufklärung dieses Falls!“

„Wovon reden Sie? Sind Sie verrückt? Es gibt keinen Fall!“ Signore Umberto lief wütend im Schwimmbecken auf und ab. „Jetzt beenden Sie doch dieses ganze

Theater und lassen Sie uns hier raus! Ich muss nach Venedig. Ein wichtiger Kunde wartet auf mich."

„Sie haben recht. Kommen wir zu einem Ende", sagte Lord Huber. „Die Sache ist ganz einfach. Wir glauben, dass Signore Umberto heute gar nicht nach Venedig fahren muss. Wir glauben, dass er heute um Punkt 23.00 Uhr hierher zurückkommen wird, um sich hier eine neue – ungewöhnliche – Ausstellung anzusehen. Dann werden in diesem Raum keine Zeichnungen und Bilder von jungen Künstlerinnen und Künstlern ausgestellt, sondern ganz andere Dinge. Dinge, die gestohlen wurden."

Er zeigte auf seinen Rucksack.

„Ich habe diese Dinge übrigens hier in meinem Rucksack."

Ein erstauntes Gemurmel war zu hören.

Lord Huber öffnete den Rucksack und sah hinein.

„Es ist schon erstaunlich, was in so einen Rucksack alles hineinpasst. Was haben wir da? Eine Pfeife, ein Buch, einen Nachttopf, eine Geige – ja sogar Fußballschuhe haben hier Platz."

„Das ist unmöglich!", rief Signore Umberto laut. „Diese Dinge können nicht in Ihrem Rucksack sein."

„Das ist richtig. Und Sie wissen auch, warum sie nicht in meinem Rucksack sind, nicht wahr? Weil sie nämlich hier sind!"

Er gab Herrn Jaromir ein Zeichen.

Herr Jaromir lief langsam zu einer Bronzestatue, die in einer Ecke des Raums stand. Sie zeigte einen Mann mit einer goldenen Flöte in der Hand, der auf einem Felsen saß.

Herr Jaromir richtete sich auf, dann legte er seine rechte Pfote auf die Flöte und drückte sie fest nach unten.

Man hörte einen lauten Ruck, dann noch einen.

Dann begannen sich – zum großen Erstaunen der Gäste – die Seitenwände des Schwimmbeckens zu bewegen.

Sie drehten sich von oben nach unten einfach um, mitsamt den gerahmten Bildern, so lange, bis die Rückseite der Wände zum Vorschein kam.

Man hörte laute, überraschte Rufe.

An den Rückseiten der Wände waren kleine Glasvitrinen befestigt. In den Vitrinen an den Wänden sah man ein Buch, eine Pfeife, eine Geige, einen Nachttopf, Fußballschuhe – und eine schmale Armbanduhr.

„Danke, Herr Jaromir", sagte Lord Huber. „Mit dieser Zauberflöte kann man tatsächlich zaubern, wie Sie uns eindrucksvoll bewiesen haben."

Er zeigte mit dem Stock auf die aufgestellten Dinge.

„Eigentlich sollten hier nur fünf Gegenstände ausgestellt werden. Fünf Gegenstände, die von fünf

Meisterdieben oder Meisterdiebinnen gestohlen wurden. Für einen seltsamen Wettbewerb, für die Nacht der Diebe, die heute um 23.00 Uhr beginnen sollte. Um Punkt Mitternacht hätte dann einer dieser fünf Diebe eine kleine goldene Krone bekommen, als Anerkennung für den ungewöhnlichsten Diebstahl. Es gibt diese Nacht der Diebe schon lange. Die Polizei hat oft davon gehört. Endlich wissen wir, wer dahinter steckt. Und endlich kennen wir auch die fünf Meisterdiebe, die hier ihre ganz eigene Ausstellung eröffnen wollten."

Lord Huber spielte mit seinem Stock.

„Reden wir über Mozart", sagte er leise.

# Dreizehntes Kapitel

*in dem eine berühmte Sängerin vorkommt,
ein Diebstahl Staub aufwirbelt
und ein Stock zu sprechen beginnt*

„Ich werde Sie verklagen!“, rief Signore Umberto empört und drohte Lord Huber mit der Faust. „Wegen Hausfriedensbruch, wegen Sachbeschädigung und wegen falscher Beschuldigungen!“

Er lachte laut auf und lief wild gestikulierend zu den ausgestellten Gegenständen.

„Darf ich mir in meinen eigenen Wänden keinen Spaß erlauben? Wer will mir das verbieten? Hier sind meine alten Fußballschuhe! Hier sind das Lieblingsbuch meiner Kindheit und die Geige, auf der ich schon als Kind gespielt habe! Hier haben wir den Nachttopf meiner Großmutter, die Uhr meiner Mutter und die Pfeife meines Großvaters – was wollen Sie von mir? Ich hänge an diesen Dingen! Ich bin ein Familienmensch! Was soll Ihr ganzes Detektivgefasel von Meisterdieben, die losziehen, um alte Fußballschuhe zu stehlen? Sind Sie noch bei Trost? Und die Polizei glaubt Ihnen sogar noch? In welcher Zeit leben wir? Ich bin ein unbescholtener Bürger! Beenden Sie endlich dieses unwürdige Theater!“

„Mit Vergnügen“, sagte Lord Huber. „Beginnen wir mit dem letzten Diebstahl – mit der schönen, schmalen Armbanduhr, die hier so feierlich ausgestellt wird.“

„Das ist ein Erbstück von meiner Mutter“, rief Signore Umberto. „Sie leiden unter Wahnvorstellungen!“

„Zum Glück leide ich nicht unter dem Größenwahn, alles besitzen zu wollen! Mein Assistent, Herr Jaromir, hat beobachtet, wie Ihnen gestern diese Uhr übergeben wurde.

Er hat auch gesehen, wer Ihnen die Uhr gebracht hat. Wem sie wirklich gehört, darüber sprechen wir gleich. Er hat auch gesehen, dass Sie eine Uhr in der Auslage Ihres Geschäfts verstellt haben. Sie haben die Zeiger auf 23.00 Uhr gestellt. Auf der Uhr ist die goldene Zauberflöte zu sehen, die auch die Fassade Ihres Hotels schmückt. Damit war klar, wann und wo die Nacht der Diebe stattfinden wird. Sie haben mir selbst erklärt, dass Sie das Hotel aus Liebe zu Mozart auf Hotel Sarastro umbenannt haben.“

Lord Huber zeigte auf die Geige und den Nachttopf, die gerahmt an den Wänden hingen.

„Bleiben wir gleich bei Mozart. Hier sehen wir

den Nachttopf der Familie von Wolfgang Amadeus Mozart und seine Kindergeige, gestohlen aus dem Mozart-Museum in Salzburg. Eigentlich hätte nur der Nachttopf gestohlen werden sollen – denn der Auftrag an die Meisterdiebe lautete: Wer bringt mir ein besonderes, ungewöhnliches Stück von einer berühmten Persönlichkeit? Da wäre der Nachttopf des weltbekannten Komponisten genau das Richtige gewesen. Ungewöhnlich genug, aber nicht so wertvoll, dass es in allen Zeitungen steht. Aber die Geige Mozarts, die der Dieb dann auch noch mitgenommen hat – die hat weltweit für Aufregung gesorgt. Die Gier ist einem der Diebe in die Quere gekommen, ein fataler Fehler. Plötzlich passte alles zusammen: Die Pfeife aus dem Sherlock-Holmes-Museum in London, die Erstausgabe von Bram Stokers Buch „Dracula", die Fußballschuhe des italienischen Fußballstars Francesco Totti, Mozarts Nachttopf – alles kleine, feine Berühmtheiten. Die Geige Mozarts hat alles verraten. So wurden wir hellhörig!"

Lord Huber zeigte mit dem Stock noch einmal auf die Uhr.

„Auch der Diebstahl der Uhr hat mehr Staub aufgewirbelt als erwartet, nicht wahr, Frau Ferrara?"

Die junge blonde Frau mit den kurzen Haaren nickte.

„Das kann man wohl sagen. Es handelt sich übrigens um die Lieblingsuhr der legendären, vor Jahren verstorbenen Opernsängerin Maria Callas. Die Göttliche – so wird sie wegen ihrer einzigartigen Stimme bis heute genannt. Ein Millionär aus Amerika hat diese Uhr vor Jahren bei einer Versteigerung für seine Frau gekauft. Vor einigen Tagen wurde ihr die Uhr aus ihrem Hotelzimmer in Venedig gestohlen. Jemand hat den Zimmertresor geknackt. Ein Journalist aus Rom hat zufällig auch im Hotel gewohnt und vom Diebstahl erfahren. Es stand am nächsten Tag in allen Zeitungen."

Sie deutete eine Verbeugung an.

„Kurz darauf erhielt ich einen Anruf von Lord Huber."

„Das müssen Sie alles erst beweisen", rief Signore Umberto aufgebracht. „Es gibt viele alte Uhren, die so aussehen. Dieses Stück gehörte meiner Mutter. Und ... diese abstruse Geschichte mit Mozart! Alle Nachttöpfe sehen gleich aus. Und was soll die Geschichte mit der verstellten Uhr! Was kann ich dafür, dass eine alte Uhr oft stehen bleibt und ich die Zeiger neu stellen muss. Das ist nun mal so, in einem Uhrengeschäft!"

Lord Huber seufzte. Dann griff er in seinen Rucksack und holte einen kurzen, schwarzen Stock heraus.

Er machte eine rasche Bewegung, und aus dem kleinen Stock wurde ein langer Gehstock.

„Zusammenklappbare Gehstöcke. Eine nützliche, platzsparende Erfindung", sagte Lord Huber. „Erinnern Sie sich an meinen Besuch in Ihrem Uhrengeschäft? Ich war so ungeschickt und habe Ihre Sammlung von alten Gehstöcken durcheinandergebracht. Ich habe in dem Chaos rasch meinen Stock zu Ihrer Sammlung gesteckt und meinen kleinen Stock hier ausgeklappt. Es ist Ihnen nicht aufgefallen. Ich kam mit einem Stock – und ich ging mit einem anderen Stock. Was Sie nicht wissen konnten – in meinem Stock, der bei Ihnen blieb, sind ein Mikrofon und ein kleines Aufnahmegerät eingebaut. Mein Stock ist etwas Besonderes. Deshalb bin ich auch in Ihr Geschäft zurückgekehrt, mit der Frage, ob ich meine kleine Taschenuhr liegengelassen hätte? Ich habe mich kurz umgeschaut und habe dabei meinen Stock wieder mitgenommen. Das zusammenklappbare Ersatzstück habe ich rasch und platzsparend im Rucksack verschwinden lassen. So wie jetzt."

Mit wenigen Handgriffen war der zweite Stock im Rucksack verstaut.

Lord Huber holte tief Luft. „Wollen wir uns jetzt eine kleine Aufnahme anhören?"

Er hob seinen Stock und drückte auf einen Knopf.

Man hörte ein Rauschen, dann war deutlich die Stimme von Signore Umberto zu hören. Er schien auf Italienisch zu telefonieren.

„Darf ich kurz übersetzen?“, fragte Lord Huber. *„Die Uhr ist da. Wir haben alles. Es kann losgehen. Bereitet alles vor!*

Das sind Ihre Sätze.“

Signore Umberto schnaubte verächtlich.

„Die Uhr ist da! Dafür müssen Sie so eine Schmierenkomödie inszenieren? Ich bin Uhrenhändler. Haben Sie das schon vergessen? Ich bekomme oft Uhren.“

„Aber nicht diese eine“, sagte Lord Huber. „Nicht diese eine, über die sich jemand besonders freuen sollte. Und ich möchte Ihnen noch etwas sagen.“

Er sah Signore Umberto durchdringend an.

„Sie haben mir viel von Ihren Uhren und Stöcken erzählt – aber ich hätte kein einziges Stück kaufen dürfen. Sie wollten nichts hergeben. Ich vermute, Sie sind ein Sammler, aber kein Verkäufer. Sie besitzen gerne Dinge, das Loslassen fällt Ihnen schwer. Das Uhrengeschäft ist nur eine schöne Tarnung. Ab und zu verkaufen Sie eine wertlose Uhr, sonst dient Ihnen Ihr Geschäft nur als Anlaufstelle für Ihre Meisterdiebe, die weltweit unterwegs sind.“

Signore Umberto lachte laut auf. „Und die bringen mir dann alte Uhren und Fußballschuhe und Nachttöpfe! Das ist doch lachhaft! Das glaubt Ihnen kein Mensch!“

„Ich schon!“, sagte Livia Ferrara mit fester Stimme. „Und ich glaube auch, dass in diesem Hotel noch andere Überraschungen auf uns warten.“

## Vierzehntes Kapitel

*in dem Schach gespielt wird,*
*eine schwarze Tasche verräterisch riecht*
*und fünf Meisterdiebe entlarvt werden*

„Das ist ja alles gut und schön“, rief Herr Bertram ungeduldig. „Ich liebe solche Geschichten. Aber – wer sind jetzt diese fünf Meisterdiebe? Das würde ich gerne wissen.“

„Als Krimiautor wollen Sie natürlich die Lösung hören.“

Lord Huber lächelte Herrn Bertram an. „Das verstehe ich gut. Reden wir also zunächst über die fünf Meisterdiebe, die zu dieser Nacht der Diebe geladen sind.“

Er wandte sich an die Frau und den Mann mit den roten T-Shirts vom Schachklub.

„E4F5H5“, sagte er.

„Das haben Sie uns schon einmal zugerufen“, sagte der Mann aufbrausend. „Sie haben uns beim Schachspielen gestört und jetzt fangen Sie schon wieder damit an.“

„Darf ich fragen, weshalb Sie heute hier sind?“, fragte Lord Huber.

„Signore Umberto hat uns eingeladen. Wir waren zufällig in seinem Uhrengeschäft.“

„Verstehe“, sagte Lord Huber. „Vermutlich um keine Uhr zu kaufen“, setzte er mit einem Lächeln fort.

„Es ging um eine Reparatur“, sagte der Mann gereizt.

„Sie sind leider ein schlechter Schauspieler“, sagte Lord Huber. „Sie haben auch den Schachspieler schlecht gespielt. Die Abkürzung E4F5H5 kennen Schachprofis nur zu gut – sie nennt drei Züge, mit denen man den anderen schachmatt setzen kann. Matt in drei Zügen. Es steht in jedem Lehrbuch. Jemand, der vorgibt, Schachturniere zu spielen, sollte diese Spielzüge im Schlaf kennen. Aber – Sie spielen keine Turniere. Sie benutzen den Schachclub nur zur Tarnung. Vielleicht zahlen Sie dem Club Geld dafür. Sie fahren mit zu internationalen Turnieren und nutzen diese Reisen für ihre Diebstähle. So waren Sie mit Ihrem Schachclub in Rom – und haben dort die Fußballschuhe von Francesco Totti gestohlen. Ferdinand hat in der besagten Pizzeria nachgefragt. Tage vor dem Diebstahl war Ihr Schachclub dort zu Gast. Ihre T-Shirts sind sehr auffällig ...“

„Das sind alles Märchen“, rief der Mann wütend.

„Sie haben eine blühende Fantasie und reimen sich da etwas zusammen."

„Sie haben sich im Hotel Delfino als Herr und Frau Stone eingetragen. Ihr wirklicher Name ist Gerd Hamberg", sagte Lord Huber. „Ihr Name findet sich auf einigen Fahndungslisten. So wie der Ihrer Frau Roswitha, genannt Rosa. Sie stehen beide schon lange im Verdacht, bei einigen Kunstdiebstählen ihre Hände im Spiel zu haben. Ferdinand hat Sie beide sofort erkannt. Als er das Gefühl hatte, dass Sie vielleicht Verdacht schöpfen und sich von ihm beobachtet fühlen, ist er für ein paar Tage nach Venedig verschwunden. Um dann – als alter Mann im Rollstuhl verkleidet – zurückzukommen und sie weiterhin im Blick zu haben."

„Und das war auch gut so", fuhr Ferdinand fort. „Als Rosa Hamberg vor ein paar Tagen in einem Mietauto nach Venedig fuhr, bin ich ihr unbemerkt gefolgt. Sie hat in einem Hotel ein Plakat vor ihrem Schachclub aufgehängt.

Ein Komplize im Hotel hat ihr den Zimmerschlüssel und den Code für den Zimmertresor gegeben – nach wenigen Minuten war die Uhr von Maria Callas gestohlen. Den Komplizen in Venedig haben wir inzwischen verhaftet."

Gerd und Rosa Hamberg schwiegen. Sie sahen stumm zu Boden.

„Sie haben sich übrigens früh verdächtig gemacht“, sagte Lord Huber. „Herrn Jaromir ist aufgefallen, dass alle Schachspieler eine schwarze Tasche mit zwei Fächern haben – in einem Fach steckt das Schachbrett zum Üben, im anderen Fach sollte das Schachbrett mit den Figuren für das Turnier sein. Bei Ihnen beiden war eine Tasche immer leer. Und sie roch so gar nicht nach Schachfiguren ... Kein Wunder, Sie haben nie ein Turnier gespielt. Sie haben in dieser leeren Tasche ihr Diebesgut versteckt.“

„Rosa Hamberg hatte die Tasche auch beim Diebstahl in Venedig dabei“, sagte Ferdinand. „Ich war Zeuge.“

Lord Huber zeigte mit dem Stock auf das alte Buch, das in einer der Vitrinen an der Wand des Schwimmbeckens zu sehen war.

„Kommen wir zum nächsten Meisterdieb. Der Diebstahl in Dublin, die Erstausgabe von *Dracula* – war es das Werk eines Mannes, der die Literatur liebt?“

Lord Huber sah Herrn Bertram an, der erschrocken einen Schritt zurück machte.

Dann schüttelte er den Kopf.

„Nein. Der Dieb wollte nur jemandem eine Freude machen. Er selbst hat andere Interessen."

Lord Huber richtete seinen Blick auf John Cook, den jungen Maler. „Dieser begabte Künstler durfte zwei Tage lang im *Writer's Museum* in Dublin Skizzen machen und zeichnen, das haben die Wächter dort bestätigt. Ein Trick, den er gern anwendet, auch in anderen Städten. Er hat beim Zeichnen alle Zeit der Welt, um die Räume und die Sicherheitsvorkehrungen in den diversen Museen zu studieren. In Dublin wurde ein Buch gestohlen – in anderen Städten waren es wertvolle Gemälde."

„Das müssen Sie erst beweisen", sagte John Cook trotzig.

„Oh, Signore Roberto vom Hotel Delfino ist untröstlich", sagte Lord Huber. „Eine seiner Putzfrauen im Hotel hat beim Reinigen Ihres Zimmers Ihren Zeichenblock vom Tisch gestoßen und dabei alle Blätter durcheinander gebracht. Es war ihr unangenehm, also hat sie ihren Chef geholt. Signore Roberto hat mich um Rat gebeten, weil ihm einige Blätter doch recht seltsam erschienen. Da gab es zum Beispiel Zeichnungen von Leitungen, Schaltplänen und Sicherheitstüren von mehreren Museen in Europa. Sie haben sehr gründlich gearbeitet. Der Fehler war nur, dass

Sie keine Ihrer Zeichnungen wegwerfen können ...“

John Cook stampfte wütend mit einem Fuß auf und fluchte leise in sich hinein.

„Fehlen nur noch die beiden Brüder Mauro und Maurizio“, sagte Lord Huber.

„Ihr Beutezug begann in London, im Sherlock-Holmes-Museum. Da war ihnen freilich schon unser Freund Ferdinand auf der Spur. Er war sogar im Museum, als Mauro die Pfeife des Meisterdetektivs mitgehen ließ, aber er griff nicht ein. Er wollte sehen, wohin die Spur noch führt. Nun, sie führte nach Salzburg, wo Maurizio auszog, um einen Nachttopf zu stehlen – und dann die Finger nicht von Mozarts Geige lassen konnte. Ferdinand war in der Nähe, konnte aber den Diebstahl nicht verhindern. Er folgte den beiden bis nach Caorle – und lockte Herrn Jaromir und mich in dieses schöne Städtchen am Meer.“

Die beiden Brüder sahen Ferdinand wutentbrannt an.

Es sah aus, als würden sie sich am liebsten auf ihn stürzen.

„Da haben wir sie also, die fünf Meisterdiebe“, sagte Lord Huber. „Sie alle sind mit kleinen Geschenken nach Caorle gereist. Aber – hier geht es um mehr als nur um Nachttöpfe und Fußballschuhe.“

# Fünfzehntes Kapitel

*in dem Vampire vorkommen,*
*kostbare Schätze gefunden werden*
*und jemand entlarvt wird*

Lord Huber ging am Rand des Schwimmbeckens auf und ab.

„Mein Kollege, Herr Jaromir, hat heute einen aufregenden Nachmittag erlebt", sagte er nach einer Weile. „Hunde brauchen keinen Durchsuchungsbefehl, nicht wahr? Herr Jaromir hat heute einige Stunden in diesem Haus verbracht und sich genau umgesehen. Er hat dabei kostbare Schätze entdeckt. Wir wissen es jetzt: Dieses angebliche Hotel, diese ewige Baustelle, ist nur eine Tarnung. In den einzelnen Zimmern gibt es viele spannende Dinge zu finden. Herr Jaromir wurde kurzfristig sogar eingeschlossen und musste sich durch einen mutigen Sprung aus dem Fenster ins Freie retten."

„Ich verbiete Ihnen, mein Hotel zu durchsuchen! Das ist eine Baustelle. Es ist verboten, sie zu betreten."

„Sie können uns gar nichts verbieten. Das Hotel gehört Ihnen nicht einmal“, sagte Lord Huber. „Ist es nicht so, Signore Alfredo?“

Der ältere Herr im dunklen Anzug, der Ehemann von Barbara von Schönthan, sah Lord Huber ruhig an.

„Sie sorgen hier unnötig für Aufregung“, sagte er bedächtig. „Mein Freund Umberto war knapp bei Kassa. Also habe ich Geld in sein Hotel investiert. Das ist alles. Er wird mir das Geld zurückgeben, dann gehört das Hotel wieder ihm.“

„Mit Verlaub, das glaube ich Ihnen nicht“, sagte Lord Huber. „Aber dazu kommen wir noch. Reden wir lieber über Fußballschuhe. “

Signore Alfredo blickte Lord Huber überrascht an.

„Was meinen Sie?“

Lord Huber spielte mit seinem Stock.

„Signore Alfredo, Sie hatten früher ein Hotel in Rom, dann sind Sie nach Venedig gekommen, um dort gleich drei Hotels zu eröffnen. Hier in Caorle hat Ihre Frau ein schönes Haus im Zentrum und eine kleine Galerie. Da ist viel Geld mit im Spiel. Wissen Sie, was mein Freund Ferdinand in einem Ihrer Hotels in Venedig gesehen hat?“

„Hoffentlich viele Gäste“, sagte Signore Alfredo mit einem Schmunzeln.

„Das auch“, sagte Lord Huber. „Und mehrere gerahmte Bilder, die Sie mit dem römischen Fußballstar Francesco Totti zeigen. Sie sind ein großer Fan von ihm. Sie haben sogar ein signiertes Trikot in einem Rahmen ausgestellt."

„Ich bin ein Fan von allen guten italienischen Fußballspielern", sagte Signore Alfredo achselzuckend. „Da hängen auch Bilder von anderen Spielern."

„Über die Schuhe von Totti haben Sie sich trotzdem sicher sehr gefreut."

„Ich sehe Sie hier zum ersten Mal", sagte Signore Alfredo verärgert.

„Das glaube ich Ihnen sogar", sagte Lord Huber. „Die kleine Ausstellung in der Nacht der Diebe sollte eine Überraschung für Sie werden. Wir haben die Überraschung ein wenig ... vorgezogen. Nun – wem würden Sie die goldene Krone geben?"

Signore Alfredo schüttelte missmutig den Kopf.

„Ich verstehe nicht, wovon Sie reden."

„Ich habe gehört, dass in zwei Ihrer Hotels in den Empfangshallen Mozart gespielt wird. Und zwar ausschließlich Musik aus der Oper *Die Zauberflöte*. In Ihrem dritten Hotel hört man die Stimme von Maria Callas …"

„Viele Menschen lieben die Stimme von Maria Callas. Und die Musik von Mozart", zischte Signore Alfredo. „Schön langsam gehen Sie mir auf die Nerven!"

„Das glaube ich Ihnen gerne", sagte Lord Huber unbeeindruckt. „Ich bin überzeugt davon, dass der Name Sarastro für dieses Hotel Ihre Idee war. Wie auch alles andere fest in Ihrer Hand ist. Das Uhrengeschäft gehört Ihnen, Commissario Boletti hat es überprüft. Auch die Galerie Ihrer Frau ist unter Ihrem Namen eingetragen. Sie haben hier das Sagen! Signore Umberto ist nur ein kleiner Angestellter, der sich um den Betrieb kümmert. Er muss alles organisieren, Sie sind der Kopf der Meisterdiebe! Mit ihren Diebstählen wollten die Diebe um Ihre Gunst buhlen. Persönliche Gegenstände von Mozart, eine Uhr von Maria Callas, die Fußballschuhe von Francesco Totti – eine klare Sache. Kommen wir zu Sherlock Holmes und zu den Vampirgeschichten."

Lord Huber wandte sich an Ferdinand, der neben seinem Rollstuhl stand und aufmerksam zuhörte.

„Lieber Ferdinand, könntest du uns in diesen beiden Punkten weiterhelfen?“

„Das kann ich“, sagte Ferdinand. „In allen drei Hotels, die Signore Alfredo gehören, findet man beeindruckende Bibliotheken. Ich habe mir erlaubt, in einem Hotel zu nächtigen und mir für die Abendlektüre einige Bücher auszuborgen. Es gab ein ganzes Regal mit Sherlock-Holmes-Geschichten und ein weiteres Regal, das mit Vampirgeschichten gefüllt war. Da gibt es Dracula-Romane und Geschichten in vielsprachigen Ausgaben. Man kann hier eindeutig von einer bestimmten literarischen Vorliebe sprechen.“

„Ich bin für die Bücherauswahl in meinen Hotels nicht zuständig“, brummte Signore Alfredo. „Das machen die jeweiligen Geschäftsführer im Hotel.“

„Ich habe mit allen dreien gesprochen“, sagte Ferdinand. „Sie erzählten mir, dass Sie selbst die Bücher auswählen. Ich habe übrigens auch Bücher von Herrn Bertram in den Regalen gefunden.“

„Was nur ein Zufall sein kann“, brauste der deutsche Schriftsteller auf. „Ich sehe diesen Herrn Alfredo hier zum ersten Mal. Ich schreibe gern Krimigeschichten. Aber ich lasse mich doch nicht in kriminelle Machenschaften verwickeln. Auch wenn es hier offenbar nur um einen ... Nachttopf und eine alte Pfeife geht!“

„Nun, da irren Sie sich“, sagte Commissario Boletti.

„Einige Kolleginnen und Kollegen haben in der Zwischenzeit auf Anregung von Herrn Jaromir und Lord Huber die Zimmer dieses ehrenwerten Hotels durchsucht."

Signore Umbertos Gesicht lief rot an.

„Wie können Sie es wagen, dieses Hotel ..."

Er versuchte noch einmal, auf einer der Eisentreppen nach oben zu klettern. Zwei Polizisten hielten ihn fest.

„In jedem Zimmer hängt ein gestohlenes Bild an der Wand", fuhr der Commissario ungerührt fort. „Es sind lauter alte Meister, Gemälde von unschätzbarem Wert, die seit vielen Jahren als gestohlen gelten. Die Frau Kollegin Ferrara wird sich freuen. Sie wird hier viele Kunstwerke finden, die schon lange auf ihrer Liste der verschwundenen Kunstwerke stehen. In den Zimmern stehen auch Skulpturen und Vasen, die vermutlich ebenfalls gestohlen sind. Alle Zimmer sind fertig eingerichtet und scheinen nur für den privaten Gebrauch verwendet zu werden. Dieses Hotel hat nur einen Zweck – hier werden Kunstschätze versteckt. Es wäre wohl nie als Hotel geöffnet worden. Und wenn, dann nur für Freundesrunden wie diese hier ..."

„Eine ewige Hotelruine mit vielen Zimmern, wie praktisch", sagte Lord Huber. „Ein Hotel als Museum, in dem es ausschließlich gestohlene Werke zu bewundern gibt. Man kann von Zimmer zu Zimmer gehen und sich an den einzelnen Kunstwerken erfreuen. Und manchmal stellt man besondere Dinge sogar in der eigenen Galerie im Schwimmbad aus. Raffiniert – und Zeichen einer grenzenlosen Gier. Ein ganzes Hotel für einen Mann, der die Kunstwerke weltweit stehlen lässt! Haben Sie so das Geld für Ihre Hotels verdient, Signore Alfredo? Mit Diebstählen und dem Verkauf von teuren Bildern?"

„Jetzt ist es aber genug", rief plötzlich Barbara von Schönthan mit schriller Stimme dazwischen. „Was unterstellen Sie meinem Mann? Das sind ja furchtbare Anschuldigungen! Er arbeitet rund um die Uhr für seine Hotels und ... er ist ... ein liebenswerter Ehemann! Er kümmert sich um alles."

Sie brach in Tränen aus und sah ihren Mann verunsichert an. Signore Alfredo nahm ihre Hand.

„Wer schöne Bilder liebt und Mozart und Maria Callas und die Literatur – das muss ein Mann mit viel Herz und Gefühl sein", sagte Lord Huber nachdenklich. „Und dennoch kann er die falschen Entscheidungen treffen und sich alles, was ihm gefällt, auf die falsche Art holen. Kunstdiebe sind oft bemerkenswerte Persönlichkeiten. So wie Ihr Mann."

Signore Alfredo umarmte seine Frau.

„Meine Frau weiß von nichts", sagte er laut. „Barbara ist unschuldig. Sie werden in ihrer Galerie nichts Gestohlenes finden. Ich wollte sie nie damit belasten."

Barbara von Schönthan schluchzte laut auf.

„Darf ich Ihnen eine Frage stellen, Signore Alfredo?", sagte Lord Huber. „Was machen Sie mit all diesen Schätzen?"

„Ich schaue sie an", sagte Signore Alfredo leise. „Ich setze mich in die einzelnen Zimmer und betrachte sie. Wieder und wieder. Ich liebe die Schönheit der Kunst. Sie macht mich glücklich. Als Kind hat mich mein Großvater einmal in ein Museum mitgenommen. Er hat gesagt, alle diese Bilder und Statuen gehörten einst Königen und Fürsten. Ich wollte auch ein König sein. Ich wollte mein eigenes Museum haben."

„Man kann aus Liebe zur Kunst Kunstsammler werden", sagte Lord Huber. „Schade, dass Sie sich für einen anderen, kriminellen Weg entschieden haben. Sie sind ein Dieb geworden, der alles nur für sich selbst haben will. Die alten Kunstwerke sind in den öffentlichen Museen gut aufgehoben – da gehören sie allen. Da kann jeder – für Stunden – ein König oder eine Königin sein ..."

Commissario Boletti klatschte in die Hände.

„Wir haben also fünf Meisterdiebe, einen Organisator, der sich um alles kümmert – und den Kopf der

Bande“, sagte er mit hörbarer Erleichterung. „Das nenne ich einen schönen Erfolg!“

„Und wir haben Kunstwerke von unschätzbarem Wert, die nur darauf warten, abgeholt zu werden“, sagte Livia Ferrara. „Sie wissen gar nicht, wie lange ich schon auf der Suche nach diesen alten Schätzen bin.“

Lord Huber blickte sich noch einmal im Raum um.

„Wo ist eigentlich die Krone, die einer der Meisterdiebe in der Nacht der Diebe bekommen sollte?“

Bevor jemand etwas sagen konnte, bellte Herr Jaromir kurz. Dann lief er zu einem Glockenspiel aus Stein, das am Rande des Schwimmbeckens auf einem kleinen Sockel stand. Jaromir drückte mit einer Pfote auf eine der steinernen Glocken. Man hörte einen Ruck, und die Steinplatte des Sockels verschob sich. Etwas Glänzendes kam zum Vorschein.

Herr Jaromir bellte noch einmal. Vor ihm lag eine kleine goldene Krone.

„Da ist sie ja“, sagte Lord Huber. „Bravo, Herr Jaromir! Jetzt können wir diese Nacht der Diebe getrost beenden.“

## Sechzehntes Kapitel

*in dem letzte Fragen geklärt werden,*
*ein Wunder bestaunt wird*
*und eine Verabredung mit Mozart wartet*

„Ich danke Ihnen beiden von Herzen!“, sagte Commissario Boletti zu Lord Huber und Herrn Jaromir. „Da ist uns – dank Ihrer Hilfe – ein großer Fang gelungen.“

Sie saßen zeitig am Morgen in einem Café an der Promenade und schauten aufs Meer. Auch Livia Ferrara und Ferdinand waren dabei.

„Im Hotel Sarastro habe ich Kunstwerke entdeckt, die seit vielen Jahren unauffindbar waren“, sagte Livia Ferrara. „Museen in der ganzen Welt bekommen endlich ihre berühmten Gemälde zurück.“

Sie hob ihre Kaffeetasse und prostete Lord Huber und Jaromir zu. „Für die Auffindung dieser Kunstschätze haben einige Museen eine hohe Belohnung ausgeschrieben. Ich denke, Sie werden bald erfreuliche Post aus einigen Ländern bekommen. Ich werde in meinem Bericht ausdrücklich erwähnen, dass wir die Lösung dieses Falls ausschließlich Ihnen beiden zu verdanken haben."

„Vielen Dank! Eine besondere Belohnung gebührt Herrn Jaromir", sagte Lord Huber. „Er hat sich heimlich in das Hotel geschlichen und hat dort die gestohlenen Kunstwerke entdeckt. Und er ist den Geheimnissen der steinernen Zauberflöte und des Glockenspiels beim Schwimmbecken auf die Spur gekommen. Mozart sei Dank."

„Woher wussten Sie, dass Signore Alfredo der Kopf der Bande ist?", fragte Livia Ferrara. „Ich hätte auf Signore Umberto getippt."

„Herr Jaromir musste sich bei seinem Streifzug durch das Hotel Sarastro einmal in einem Zimmer unter dem Bett verstecken. Ein Mann war im Zimmer. Als er ging – ohne Jaromir zu bemerken – sah mein Freund elegante schwarze Schuhe mit kleinen goldenen Wappen darauf. Er hat mir davon berichtet. Signore Alfredo trug solche Schuhe. Wahrscheinlich war er in einem der Zimmer, um sich eines seiner Kunstwerke anzusehen ... Außerdem hat mir Signore Roberto vom Hotel Delfino in einem Gespräch erzählt, dass das Hotel Sarastro Herrn Alfredo gehöre und nicht Umberto. So wie auch das Uhrengeschäft. Umberto sei nur sein Angestellter. Da wurde mir vieles klar."

„Und wie sind Sie diesem jungen Maler auf die Spur gekommen?“, fragte Commissario Boletti. „Er schien irgendwie unverdächtig. Er ist ein guter Zeichner, das muss man ihm lassen.“

„Schade, dass er sein Talent so vergeudet“, sagte Lord Huber. „Als ich seine Bilder sah, wurde mir klar, dass er als Künstler überall stundenlang zeichnen kann – ohne Verdacht zu erregen. Egal, ob vor einem Museum oder drinnen. Er zeichnet ja nur. Das ist nicht verboten. Ich bin mir sicher, dass wir auf den Überwachungskameras vieler Museen, in denen etwas gestohlen wurde, einen Mann sehen werden, der im Museum auf einem Klappstuhl sitzt und zeichnet … John Cook war in vielen Städten zu Gast. Überall hat er gezeichnet – und sich sein Leben durch Diebstähle finanziert. Er muss schon lange für Signore Alfredo gearbeitet haben, da bin ich mir sicher.“

„Und was die beiden Brüder angeht – denen bin ich schon lange auf den Fersen“, mischte sich Ferdinand ins Gespräch ein. „In allen Städten, in denen sie als Kellner gearbeitet haben, wurde ein Diebstahl gemeldet. Es gab sogar schon Zeugen, die sie bei einem Einbruch beobachtet haben. So wie ich beim Diebstahl der Pfeife im Sherlock-Holmes-Museum in London dabei war. Aber wir haben sie nicht verhaftet. Wir wollten wissen, für wen sie arbeiten. Also folgte ich ihnen, quer durch Europa. Als ich hier in Caorle dann auch noch Rosa und Gerd Hamberg wiedererkannte – deren Gesichter mir von Fahndungsfotos bekannt waren –, war ich mir sicher: die Nacht der Diebe musste in Caorle stattfinden. Und so informierte ich meinen alten Bekannten, Commissario Boletti, und meine Freunde Lord Huber und Herrn Jaromir."

„Was für uns alle ein Glück war", sagte Livia Ferrara. „Und was hat jetzt die vermeintlichen Schachspieler so verdächtig gemacht?"

„Das waren gleich mehrere Dinge. Sie haben sich im Hotel unter einem englischen Namen eingetragen und sprachen Deutsch miteinander", sagte Lord Huber. „Sie saßen immer ein wenig abseits von den anderen Schachspielern. Als ich ihnen einige berühmte Spielzüge vorschlug – schachmatt in drei Zügen – wussten sie gar nicht, wovon ich rede. Und bei ihren Doppeltaschen war eine Tasche immer leer, wie Herr Jaromir rasch herausfand. Es fehlten das Brett und die Figuren fürs Turnier. Sie spielten ja auch nie ein Turnier. Sie spielten eine Rolle – und das nicht einmal gut.

Herr Jaromir erkannte die Tasche übrigens wieder, als eine Person in der Dunkelheit zu Signore Umbertos Geschäft schlich und ihm etwas übergab."

„Die Uhr von Maria Callas", seufzte Livia Ferrara. „Alles fügt sich zusammen. Und da wir schon von

Uhren reden! Wie war das mit der verstellten Uhr in der Auslage von Signore Umbertos Geschäft?“

Lord Huber nickte. „Die Uhr war wichtig. Herr Jaromir sah, dass Signore Umberto – nach Erhalt der gestohlenen Uhr – eine alte Uhr in seiner Auslage verstellte. Das musste ein Zeichen sein. Er drehte die Zeiger auf 23.00 Uhr und stellte das gestrige Datum ein. Der Zeiger der Uhr war eine goldene Zauber-flöte. Die Nacht der Diebe sollte also um 23.00 Uhr an diesem besagten Tag im Hotel Sarastro stattfinden. Die fünf Meisterdiebe mussten nur an der Auslage vorbeispazieren und einen Blick auf die Uhr werfen. Die Ausstellung davor war als Ablenkungsmanöver gedacht. Alle würden nach Hause gehen – und um 23.00 Uhr wieder heimlich im Hotel sein, um dann um Mitternacht den König der Meisterdiebe zu krönen.“

„Ohne diese verrückte Nacht der Diebe, ohne diesen seltsamen Wettbewerb, hätten wir die ganze Sache wohl nie auflösen können“, sagte Livia Ferrara. „Gut, dass Diebe auch eitel sind. Jeder will der Beste sein. Jeder will die Krone haben ...“

„Sie haben sich auch wirklich viel einfallen lassen, um Signore Alfredo eine Freude zu machen“, überlegte Ferdinand. „Ein Beutezug durch ganz Europa. Das Ganze ist freilich gehörig schiefgegangen.“

„Es haben sicher noch mehr Diebe für Signore Alfredo gearbeitet“, sagte Commissario Boletti. „Wir werden dem nachgehen. Da kommt bald noch mehr zutage.“

Er hob sein Glas.

„Und jetzt sollten wir anstoßen! *Salute*!“

Nach dem Gespräch begleitete Ferdinand Commissario Boletti und Livia Ferrara ins Hotel Sarastro.

Er wollte sich die gestohlenen Kunstwerke in Ruhe ansehen.

Lord Huber und Herr Jaromir spazierten noch ein wenig durch Caorle. Sie besuchten den alten Dom, vor dem ein hoher steinerner Kirchturm schief in die Höhe ragte.

Sie spazierten zur kleinen Kirche Madonna dell’ Angelo, die direkt am Meer lag .

Ein kleines weißes Marmorkreuz und eine Tafel neben dem Eingang der Kirche verwiesen auf ein wundersames Ereignis. Lord Huber las vor:

„Bei der furchtbaren Überschwemmung am 31.12. 1727 stieg das Wasser bis zu diesem Kreuz, ohne dass ein Tropfen in das Innere der Kirche eindrang.“

Herr Jaromir war beeindruckt.

„Dieses Wunder hat mit der schönen weißen Madonna mit dem Kind zu tun, die Sie da vorne auf einem Sockel sehen", sagte Lord Huber, als sie die Kirche betraten. „Einer Legende nach haben Fischer diese Holzstatue mit dem Marmorsockel schwimmend im Wasser gefunden. Aber die Statue war so schwer, dass sie niemand tragen konnte. Bis ein Kind kam und es versuchte. Es konnte die Statue ganz leicht hochheben ... Seither ist die Madonna hier in der Kirche und beschützt die Stadt und ihre Bewohner."

Beim Mittagessen mit Signore Roberto vom Hotel Delfino und Olaf Bertram, dem deutschen Kriminalschriftsteller, kam auch Ferdinand vorbei, um sich zu verabschieden.

Er habe beschlossen, noch ein paar Tage in Caorle zu bleiben, erzählte er. Er freue sich auf einen kleinen Urlaub ...

Nach einer herzlichen Verabschiedung von allen gingen Lord Huber und Herr Jaromir zum blauen Lieferwagen von Chefinspektor Grünberg.

Sie kletterten noch einmal die Treppen zur Promenade hoch.

„*Ciao Mare!*", riefen sie dann gleichzeitig, mit Blick auf das glitzernde Blau. Dann stiegen sie ins Auto.

Lord Huber drehte die Musik auf und fuhr los.

Ob es an Mozarts *Zauberflöte* lag oder an der Aufregung der vergangenen Tage – Herr Jaromir schlief die ganze Fahrt über tief und fest, bis Lord Huber ihn sanft weckte.

Chefinspektor Grünberg wartete schon auf sie. Er wollte alles genau wissen. Lord Huber und Herr Jaromir durften kein noch so kleines Detail auslassen.

Endlich wusste er über alles Bescheid.

Sie saßen wieder in dem Kaffeehaus in Graz, in dem sie den Kellner Leopold als Dieb überführt hatten.

„Ich gratuliere von Herzen", sagte Chefinspektor Grünberg. „Ich wusste, dass Sie es schaffen werden. Commissario Boletti hat mich schon angerufen. Er wird wohl demnächst befördert werden. Ich vergönne es ihm von Herzen. Sie haben sich übrigens auch von mir eine Belohnung verdient."

Er zog drei Karten aus seinem Rucksack.

„Ich lade Sie zu einer Aufführung von Mozarts *Zauberflöte* ein. Hier, in der Grazer Oper. Die Aufführung beginnt in einer halben Stunde. Sie sind genau zur richtigen Zeit gekommen."

„Wir können uns also gar nicht mehr umziehen?", fragte Lord Huber.

„Das wird nicht notwendig sein", sagte der Chefinspektor. „Für Herrn Jaromir wäre der Eintritt verboten. Daher werde ich sie beide heimlich über eine Seitentreppe in eine Loge führen. Ich muss Herrn

Jaromir nur bitten, sich leise zu verhalten. Wir warten, bis die Oper begonnen hat, dann schleichen wir uns hinein. Ein Mitarbeiter von mir wartet beim Seiteneingang. Er zeigt uns den Weg.“

Eine halbe Stunde später saß Herr Jaromir, auf einen hohen samtenen Stuhl gebettet, in einer Loge der Grazer Oper. Lord Huber und Chefinspektor Grünberg waren ebenfalls in der Loge.

Licht aus alten, schönen Lampen schimmerte da und dort im Saal und gab dem Raum eine magische Stimmung.

Herr Jaromir hörte sein Herz klopfen. Zum ersten Mal in seinem Leben war er in der Oper!

Auf der Bühne war es noch dunkel.

Aus dem Orchestergraben strömte Musik. Das Orchester spielte die Ouvertüre zu Mozarts Oper.

Plötzlich zuckte ein Blitz auf und erhellte das Bühnenbild, das einen Wald zeigte. Ein Mann rannte auf die Bühne. Er sah wie ein Märchenprinz aus.

„Zu Hilfe! Zu Hilfe! Sonst bin ich verloren!", hörte Herr Jaromir ihn singen.

Dann sah er, wie etwas auf dem Stuhl neben ihm aufleuchtete.

Das war das Telefon in Lord Hubers Stock.

Herr Jaromir wusste, was das zu bedeuten hatte:

Ein neuer Fall wartete auf sie ...

THE END

# Die gestohlenen Juwelen

EIN FALL FÜR JAROMIR

Kluges Kombinieren und Mitdenken ist gefragt – Spannung und beste Unterhaltung sind garantiert, wenn Lord Huber und sein vierbeiniger Assistent Herr Jaromir ihre kniffligen Fälle zu lösen versuchen.

**Denn wer Herrn Jaromir für einen ganz normalen Dackel hält, der hat schon so gut wie verspielt!**

Das ungewöhnliche Duo steckt mitten in seinem ersten Fall: dem mysteriösen Diebstahl unschätzbar kostbarer Juwelen. In einem eleganten Seehotel macht sich fast jeder verdächtig …

**ISBN 978-3-85197-914-5**

# Der Meisterdieb im Museum

EIN FALL FÜR JAROMIR

Die Polizei steht vor einem Rätsel: Wie hat der Dieb das Gemälde aus einem hoch gesicherten Museum verschwinden lassen? Der erfahrene Detektiv Lord Huber und sein pfiffiger Assistent Herr Jaromir werden zu Hilfe gerufen.

**ISBN 978-3-85197-915-2**

## Heinz Janisch

wurde 1960 in Güssing geboren. Er studierte Germanistik und Publizistik und lebt als Journalist und Autor mit seiner Familie im Südburgenland. Seit 1982 ist er Mitarbeiter beim ORF und Redakteur der Portrait-Reihe „Menschenbilder“. Seit 1989 veröffentlicht er zahlreiche literarische Beiträge und Bücher, darunter viele Kinder- und Jugendbücher, die in mehr als 25 Sprachen übersetzt und vielfach ausgezeichnet wurden, u. a. mit dem Österreichischen Staatspreis für Kinder-lyrik, dem Österreichischen Kinder- und Jugendbuchpreis, dem Bologna Ragazzi Award, Nominierung zum Deutschen Jugendliteraturpreis, Schweizer Kinder- und Medienpreis u. v .a.

**www.heinz-janisch.com**

## Antje Drescher

1972 in Rostock geboren, studierte Illustration in Hamburg, wo sie auch heute noch lebt und arbeitet. Sie illustriert für verschiedene Kinder- und Jugendbuchverlage.

**www.antje-drescher.de**